.

박두진 박목월 김현승의
기독교 시 연구

박두진 박목월 김현승의
기독교 시 연구

정경은 지음

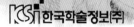

한국학술정보㈜

❏ 책머리에

시를 공부하고 있지만 종교시를 일부러 찾아서 읽어 본 적은 없었다. 사람들도 이성 간의 사랑으로 우유될 수 있는 용혜원이나 이혜인의 시는 많이 읽고 감동을 받지만 다른 종교시는 읽는 것 같지 않다. 그러나 시인들은 신께 감사하면서 자신들의 신앙을 시로 고백한다. 그들은 쓰는 것으로만 만족하는지는 모르겠다. 기독교 시는 자기 고백적이기 때문에 더욱 읽기 어려운 것은 사실이다.

기독교 시는 하나님, 그리스도, 선과 악, 속죄와 구원, 기도와 눈물 등의 신앙적 소재와, 인간의 실존적 고통의 문제, 죽음과 구원의 문제 등을 소재로 한 시이다. 이는 인간 삶의 존재 철학과도 연관된다. 그럼에도 기독교는 철학이 아니기 때문에 연구가 되지 않는 것인가 생각해 볼 수 있다.

박두진과 박목월과 김현승은 기독교 시를 썼다. 김현승은 목사인 아버지의 신앙을 이어받은 모태 신앙이었고, 박목월은 아내와 어머니의 신앙에 영향을 받았지만, 박두진은 외부적 영향 없이 스스로 기독교 신앙을 받아들였다. 각기 다른 신앙적 특이성은 그들의 시에 어떻게 나타나는지 연구해 보고 싶었다. 역시 세 시인의 시정신이 지향하는 바가 각기 다른 세계로 나타났다는 것은 흥미로운 사실이었다.

연구를 하면서 신과 인간 그리고 세상에 대해 또 나의 신앙도 생각해 볼 수 있었다. 평생을 목회자로 그리고 목회자의 아내로 살아온 아버지와 어머니에게 이 책을 바친다.

2008년 11월 필자

차례

1. 문학과 종교의 관계

종교 문학의 기원은 인간의 종교성과 연관되어 인류가 형성되기 시작한 선사시대까지 거슬러 올라간다. 엘리엇은 종교와 문학과의 관계를 세 가지로 말하고 있는데 첫째는 종교적 문학 즉, 문학으로서의 성서, 둘째는 종교적, 혹은 기독교 시, 셋째는 종교의 대의를 성실히 전달하기를 원하는 사람들의 작품 유형, 즉 선전 문학(propaganda) 등을 들고 있으며, 비평은 윤리적 신학적 관점의 비평으로 완결되어야 하며, 문학적 감수성이 종교적 감수성과 분리될 때 퇴락의 길을 걸을 수밖에 없다고 말한다. 그리고 문학의 참된 평가란 그것이 얼마나 종교적 초자연적 삶의 문제를 깊이 다루고 있는가에 달려 있는 데 반해 현대문학은 대체로 이 시대의 가장 중요한 종교적인 문제를 간과하여 타락했다고 비판[1]한다. 두 번째 신앙적인 시는 "시를 사랑하는 많은 사람들에게 있어서 '종교적인 시'는 일종의 '이류시'(minor poetry)이다. 즉 종교 시인은 시의 모든 주제를 종교적인 정신으로 다루는 시인이어야 하는데, 시의 주제 가운데서도 제한된 부분만을 취급하는 시인이며, 인간의 중요한 정열이라 생각되는 것을 무시하고, 이로 인하여 그러한 정열에 대한 자신의 무지를 실토해 버리는 시인이다."라고 정의한다.

---

1) T. S. Eliot, Religion and Literature, G. B. Tennyson and E. E. Ericson, JR. ed., ocit., pp.21~30.
조만, 고진하 편역, 『현대문학과 종교』, 현대사상사, 1987. pp.11~24.

그에 의하면 기독교 시가 이류인 것은 시가 신앙이나 종교적 주제 등 제한된 부분만 제재로 삼고 있기 때문이다. 궁극적으로 엘리엇은 시에서 종교를 선전하거나 주제를 종교적으로 이끌어 나가지 않고 의도적으로나 도전적으로가 아닌 무의식적2)으로 기독교 시여야 한다고 주장한다.

비평가들은 좋은 기독교 문학, 즉 기독교 시란 기독교 정신을 의도적 배경으로 삼아 기독교 사상이 작품 表면에 직접적으로 드러나지 않더라도 무의식적으로 시 작품 속에 용해되어 있는 작품을 말하고 있다. 또한 한 시인이 기독교 시와 비기독교 시를 동시에 창작하는 경우, 기독교 시가 비기독교 시에 비해 긴장감이 떨어지며 문학적 수준 또한 부족하다고 평가한다. 예컨대 예술적 기교면에서 뛰어난 작품은 높이 평가하고 있지만, 시인의 정신적 깨우침을 반영한 시는 예술성이 떨어진다고 본다. 이러한 면에서 한국 현대 시사에서 큰 족적을 남긴 박두진과 박목월, 김현승 세 시인을 연구한다는 것은 이 같은 평가에 반작용하는 것이라 볼 수 있다.

이 책은 세 시인의 신 인식, 자연 인식, 현실 인식, 자아 인식을 중심으로 그들 시의 특징과 사상성을 밝히고자 한다. 세 시인의 기독교 시에 대한 연구는 박목월의 경우를

---

2) 김명옥, 「엘리엇의 후기 비평과 종교」, 『T.S.엘리엇 연구』, T. S. 엘리엇 연구회 편, 한신문화사, 1993. p.277.

제외하고는 적극적인 비판과 분석이 이루어지지 않았다. 불교 시인의 경우는 불교를 철학적으로 보기 때문에 연구가 많이 이루어지는 반면, 기독교는 철학으로 보기 어렵고 또한 의식 바탕을 서구에 두고 있기 때문에 이에 대한 접근이 어려웠던 까닭도 있다.

2. 박두진의 기독교 시
-극대와 극소 인식과 광야 지향-

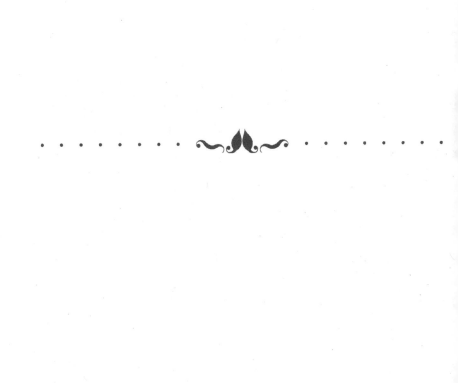

박두진의 시는 일반적으로 시의 제재가 구원과 그리스도, 속죄, 골고다, 살과 피, 연단 등 기독교적 감수성(christian feelings)이 강하게 나타나기 때문에 종교적이라거나 기독교 적이라는 평을 받는다. 박두진은 기독교 시에 대해 다음과 같이 정의한다.

> 기독교 시. 기독교 시의 정의와 개념을 설정하는 것은 매우 복 잡하고 애매모호한 문제성이 있다. '기독교 정신'이나 '기 독교 사상'이나 '기독교 신학'이란 용어의 내용 그 자체 의 차이도 분별해서 받아들여야 하는 어려움도 있다. 또 사상 이나 신학이란 면에서 다루지 않고 순전히 신앙 정서, 기독교 생활적인 정서와 그러한 인생관 혹은 정신이 주제가 되었을 경우 마찬가지로 기독교 시 혹은 기독교 시라고 할 수 있을 것이기 때문이다. 결국 기독교 시는 기독교 자체, 기독교 사상 자체. 그 신앙의 본질, 그 생활 정서의 본질의 문제이다.[3]

기독교 시란 성서적 소재나 선교적인 목적을 위해서 쓰 인 것뿐만이 아니라 기독교 자체, 기독교 사상, 신앙의 본 질, 신앙생활의 정서를 표현한 것 외에도 종교적 색채를 풍 기지 않더라도 기독교 사상을 바탕으로 하고 있는 작품까 지라고 정의를 내린다.

박두진은 외부적 영향 없이 스스로 기독교 신앙을 받아

---

3) 박두진, 『현대시의 이해와 체험』, 일조각, 1976, p.47.

들였다. 어느 날 전도자가 전해 주고 간 성경책을 보고서
예수라는 존재를 처음 접하게 된 것이다.

> 사립문 밖에서 쩔렁쩔렁 종소리 흔들며/낯선 사람 하나 와서,
> 내가 나가자 건네주던/분홍색 한글 책,/손바닥만한 복음 책,/
> 마태, 마가, 누가, 요한 중 그 한 가지이던/그 분홍색 겉장의
> 알따란 복음 책을/얼결에 받아 들고 방으로 뛰어들어 왔을 때
> /처음 나는 예수,/처음 나는 하느님이란 말을 듣고 보았습니
> 다./아무도 없는 침침한 윗방에서/나 혼자 받아 들고 나 혼자
> 몰래 읽던/연분홍 겉장의 복음서의 내용./이상스러웠습니다./
> 호기심과 증오감, 까닭도 모르는 배타심과/까닭도 모르는 두려
> 움, 죄의식,
> ―「머나먼 갈보리 그 뜨겁고 진하고 아름다운 말씀의 핏방울」
> 중에서

　어렸을 적 기독교에 대해 느꼈던 죄의식이나 두려움 같
은 원초적 감정은 성장 후에 삶에 대한 두려움을 환기시키
게 되고 이 두려움은 종교적 경험으로 변화된다. 그렇게 처
음 기독교를 접한 소년은 18세 되던 해 스스로 교회당의
문을 두드리며 기독신앙을 가지게 된다.

> 『문장』지에 추천을 받기까지의 이 한 6, 7년 동안이 내게 있
> 어서 문학과 동시에 인생 수업의 제1기적인 매우 중요한 단계
> 였다. 가정적으로 또는 생활로 정신적 사상으로 이 동안의 나
> 는 내 환경과 지향에 적지 않은 심각한 동요를 받았다. 고독
> 과 비애와 절망과 기아에 직면하면서도 나는 불굴의 투지와

발분으로써 어쨌든 모든 위에 말한 가장 기본적이며 제1의적
인 인생 문제의 해탈을 위하여 꾸준한 사색과 연마를 쌓으며
동요되는 환경과 불같은 시련에 대한 내 노력으로서의 대결을
계속하였다. 그렇게 하는 가장 큰 힘의 배경과 근원이 되며
모든 문제를 해결할 수 있는 유일한 길로 나는 종교 신앙의
길을 택하기에 이르렀고 비 내리는 어느 주일에 스스로 찾아
가 기독교회의 문을 두드렸다.[4]

박두진은 인생 문제의 해탈을 위한 사색, 환경과 시련에
대한 방황과 고민 끝에 그 해결점으로 스스로 기독신앙을
받아들였고 이후부터 신앙을 바탕으로 시 작품을 창작하게
된다. 박두진 신앙의 특색은 첫 시작부터 스스로 홀로였고
이 특색은 시에서 '홀로'의 미학으로 발전한다. 홀로 있는
장소에서 하나님을 찾았으며, 신의 음성을 듣는다.

　　당신은 나의 힘/당신은 나의 主/당신은 나의 生命/당신은 나
　　의 모두
　　　　　　　　　　　　　　　　　　　－「午禱」 중에서

위 시는 하나님이 시적 주체의 삶에 차지하는 부분을
'힘→주→생명→모두'까지 내면적 깊이를 더해 감으로써
강도의 비중을 점차 높여 간다. 나의 힘이 되며, 나를 주관
하는 주가 되며, 나의 생명이 되며 마지막으로 가장 강도

---

4) 박두진, 「나의 추천시대」, 『한국현대시론』, 일조각, 1973, p.207~208.

높은 고백 즉, 바로 자신의 모두가 된다고 함으로써 신앙적 자아에게 절대적인 존재로서 하나님을 고백한다. 인간은 기도하는 순간만큼 하나님의 숨결로 창조된 태초의 순결성[5]을 가진다. 기도하는 시간은 하나님의 임재를 느끼는 시간이며 순수의 영으로 돌아간다. 위 시 전반부에서 "바위처럼 끓어,/귀, 눈, 살, 터럭,/온 心魂, 全靈이/너무도 뜨겁게 당신에게 달습니다./너무도 당신은 가차이 오십니다."고 하나님이 자신의 전부라고 고백한 시적 주체는 기도하는 순간에도 자신의 모든 것, 즉 귀와 눈처럼 가시적인 세계에서부터 시작하여 표면적인 살을 지나, 살 밑에 위치한 터럭을 지나서, 깊은 곳에 위치한 心魂 그리고 이 모든 것을 아우르는 全靈이 신에게 달아오르는 기도를 할 때, 신은 자신에게 가까이 온다고 고백한다. 시의 화자는 하나님을 향하여 끝없이 다가가고 하나님의 성령은 시적 주체를 향하여 끝없이 강림하고 있다. 가장 깊고 가장 높은, 가장 안과 가장 밖으로 향한 의식의 확장을 통하여 신에 대한 외경과 공경을 드러낸다.

---

5) 최종수, 『문학과 종교적 상상력』, 동인, 1994, p.105.

1) 극대와 극소의 신성성

(1) 부성적 신성

① 하늘과 동일시된 하느님

박두진의 신성인식은 성경에 근거한다. 성경은 하나님을 하늘에 계신 절대자이며, 전지전능한 분이시며, 천지를 창조 하셨고, 이 세상 사람들의 죄를 대속하기 위하여 아들을 이 세상에 보내셨고, 후에 세상 사람들을 심판하실 분이시라고 기록하며, 박두진도 이와 같은 인식에 바탕을 두고 있다. 박 두진은 하나님 대신 '하느님'이라는 명칭을 쓰고 있다. 먼저 하느님의 뜻을 지닌 '한울님'부터 고찰해 보고자 한다.

> 그냥 한울님, 비를 내리시고 눈을 내리시고/······ 중략 ······/
> 한울님, 두렵고 높고 높으신/한울님으로 그렇게
> -「머나먼 갈보리 그 뜨겁고 진하고 아름다운 말씀의 핏방울」
> 중에서

위 시는 한울님이라는 명칭을 직접적으로 쓰고 있다. 한 울님은 기독신앙을 가지기 전에 인식하던 한울님으로 비를 내리시고, 눈을 내리시고, 두렵고 높으신 존재이다. 박두진 은 하느님과 한울님의 의미의 차이를 하느님은 기독교 성경에 나타난 하느님이고, 한울님은 전통적 종교의식에서 지칭하는 한 신으로 보고 있다. 이 한울님이라는 단어는 후에 'ㄹ 탈락' 현상을 보이며 하느님으로 명칭이 굳어진다.

박두진은 하늘과 하나님을 같은 위치에 놓는다. 하늘은 인간 視界 안에 있는 공간으로 무한하며 변함없고, 인간 의식 속에 태양과 더불어 능력을 나타내는, 고대로부터 신성시되어 왔던 공간이다. 그렇기 때문에 전통 의식에서 하늘을 향하여 손가락질하는 것은 금기시되어 왔다. 성경에서 하늘은 자연적 하늘과 종교적 하늘로 나뉘는데 '자연적 하늘'은 오늘날의 대기권에 해당하며 이 하늘은 통상 궁창 (firmament) 또는 '하늘의 덮개'를 의미하며 궁창은 하늘 위의 물과 하늘 아래의 물로 나뉘며, 하늘 위의 물은 비가 된다. '종교적 하늘'은 초자연적, 불가견적 세계의 총체로 천국을 지칭한다. 히브리서에는 하늘을 신도들을 위하여 예비한 장소, 거룩한 땅으로 예시하였으며 '하늘에 계신 우리 아버지……'로 시작되는 주기도문은 하나님의 나라(천국)가 하늘에 있음을 알게 한다. 즉 종교인들에게 있어서 하늘은 그들이 가장 나중에 가야 할 미래의 위안처이다.

영광./그 하늘/하느님

－「聖內在」중에서

아으/높은 곳/하늘이신 하느님
　　　　　　　　－「어떻게 나를 빚으셨을까」 중에서

　아으. 하늘에 계신 하느님
　　　　　　　　　－「뜨거운 傷處」 중에서

위에서 하늘은 곧 하느님이며 하늘은 인간의 시계로는
닿을 수 없는 구별된 공간으로, 높고 높은 곳이며, 신의 영
역이다. 박두진 시의 하늘은 신의 현현이며, 하늘에 대한
인간의 경외심을 표상하며, 인간의 俗적인 공간으로부터
구별된 聖의 세계이다. 또한 사랑과 자유와 권능과 영광이
존재하는 하나님 자체이다.

② 권능과 엄위의 신성

박두진은 광활한 바다와 온 우주를 창조하시고 무소부재
하신 하나님의 능력을 찬양하고 있으며, 보편적 인류의 의
식 속에 내면화된 형이상학적 의미의 신과, 성서에서 나타
난 실재적 하나님을 대조해서 하나님의 전지전능함을 강조
하여 인류와 개인의 역사에 깊이 관여하시는 하나님의 능
력을 드러내고 있다. 이것은 아버지의 시간6)으로 드러난다.
아버지의 시간은 만물의 생성자로서 창조와 새로움 그리고
성장의 항구적 가능성으로서의 시간이다. 그렇기 때문에 박

6) 한스 메이어 호프, 『문학과 시간의 만남』, 자유사상사, 1994, 91.

두진은 시간의 시작을 창조의 시점(「그 때」)으로 잡는다. 태초는 인류의 순결과 신의 영광이 함께 있었던 시간이기 때문에 태초의 때를 회복[7]하는 것이 종교인들의 소망이다. 이는 박두진 시에서 태고에 대한 의식으로 확장되며 창조의 사건에 대한 찬양으로 드러난다.

박두진은 공의와 사랑의 신을 형상화한다. 하나님의 공의는 두 면으로 보이는데 첫째는 악한 자를 징계함으로 나타나며, 이것을 응징적 의라 한다. 둘째는 의로운 사람을 보상함에서 보이며 이것을 보상적 의[8]라 부른다.

> 착한 자와 악한 자에게 고루 째이시는 햇볕/…… 중략 ……/ 칠 자를 치시고/아낄 자를 아끼시는./멸할 자를 멸하시고/둘 자를 두시는./당신 채찍 오른손의/진노와 그 자비/…… 중략 ……/참고 참고 기다리시며 노하심은 더디시게./아끼고 아끼고 사랑하시며/용서하심은 빠르시게.
>
> — 「뜨거운 傷處」 중에서

위 시는 신의 공의와 사랑에 대해서 노래한다. 신은 착한 자에게만 햇빛을 허락하는 것은 아니다. 신은 아끼고 사랑하고 용서하는 진노와 자비의 이중적 특성을 가지며 공의는 부성적 특성을 드러낸다. 대부분 인간들의 신에 대한 개념은 '부성적'[9]이다. 아이가 어렸을 때 아버지에게 무엇

---

7) 엘리아데, 위의 책, 503면.
8) 한중식 편, 『기독교개론』, 숭전대학교출판부, 1985, 131면.

인가를 요구하면 다 들어주었던 것처럼, 신에게 슈퍼맨 같은 능력을 기대하고 그것이 충족되지 않을 때, 즉 선하게 창조한 인간이 악을 행하였을 때 신에게 의문을 갖는 것처럼 신에 대해서 인간들은 실수를 하게 된다. 이것은 인간들이 신의 부성적인 면만을 보고 있기 때문이다. 그러나 박두진의 신에 대한 부성 이미지는 공의 외에 사랑을 공유하고 있기 때문에, 세상의 악을 신의 능력에 대한 의문으로 삼지 않으며, 이것을 원죄 의식으로 해석한다.

또한 박두진은 광대한 신성을 형상화함으로써 극대와 극소의 광야 지향 의식을 보인다.

> ㉮ 땅에서 하늘로 퍼렇게 강물이 뻗혀 오르고 있다./하늘에서 땅으로 퍼렇게 강물이 쏟아져 내리고 있다./강의 끝 저쪽으로 넘어가는 빛의 고개/하늘들이 하나씩 모여 내려선다./하늘들이 맨발로 주춤주춤 선다./위에서 아래까진 내려갈 수가 없다./아래에서 위에까진 올라갈 수가 없다./가에서 가에까진 건너갈 수가 없다./쌓여서 감춘/억만 겹의 빛./속에서 그 속으로는 들어갈 수가 없다.
>
> -「당신의 城」 전문

> ㉯ 정강이로 오르고/무릎으로 오르고/가슴과 턱/이마로 올라가도 다다를 수 없어라./눈으로 볼 수 있는 하늘의 하늘 끝/마음으로 닿을 수 있는/마음의 마음 끝/어떻게도 이대로는/바라볼 수 없는
>
> -「至聖山」 중에서

---

9) 에리히 프롬, 『사랑의 기술』, 100면.

㉰ 가도 가도 끝이 없는 당신의/변두리/끝 간 데의 가의 갓이
너무 멀어요.

-「하나만의 이름」 중에서

㉮에서 땅에서 하늘로, 하늘에서 땅으로, 위에서 아래로,
아래에서 위로, 가에서 가로, 속에서 속으로 내면적 시선을
돌린 시적 자아는 신성을 동서남북, 상하, 겉에서 속까지
편재해 있는 하늘과 빛으로 표현한다. 신의 무한한 내재를
설명하기 위해 무한대로 시선을 확장해 나가고 또 무한대
로 축소해서 끝까지 이른다. 내려갈 수도 없고, 올라갈 수
도 없고, 건너갈 수도 없고, 들어갈 수도 없는 억만 겹의
빛과 같은 전지전능하고 막대한 힘을 가진 신과 나약하며
죄성을 가지고 있는 인간 사이의 소멸될 수 없는 간극, 인
간의 숙명적 한계성을 드러낸다.

㉯에서 지성산은 하늘의 하늘 끝과 동시에 마음의 마음
끝에 있다. 하늘이라는 가시적 세계의 끝과 마음이라는 비
가시적 세계의 끝까지 확장해 나가는 하나님의 성과 지성
산은 인간의 의지로는 바라볼 수도 올라갈 수도 없는 극점
이며 오직 하나님의 은총과 자비에 의해 도달할 수 있는
공간이다.

㉰에서 신의 존재와 능력은 무한하다. 신의 존재 영역은
가도 가도 끝이 없는 변두리이며, 갓(God)의 갓(God)으로
광대하다. 그러면서 신은 가장 안에 존재한다. 인간적인 것

과 신적인 것의 차이는 부분적인 것과 전체적인 것에 있다. 인간은 한정된 존재이므로 부분밖에는 보지 못하는 반면 신은 무한한 존재이므로 전체를 투시하고 주관한다. 신에게는 경계가 없기 때문에 무한하며 또한 가장 작은 단위이기도 하다. 그렇기 때문에 신은 인간의 단위로는 계측할 수 없으며 가장 안에 계시고 가장 밖에(「使徒行傳 15」) 위치하며, 인간이 그 중심에 다가갔다고 생각하는 순간 그 갓의 갓에도 이르지 못한다.

(2) 수난 예수

박두진은 그리스도와 그의 고난, 고독, 갈보리에서의 죽음과 부활에 대해 집중하며, 그리스도의 수난에 대해서는 『使徒行傳』 연작시에서 집중적으로 그린다. 그리스도의 탄생은 어두움과 거짓, 미움과 죽음의 지상을 빛과 참, 사랑과 부활로 구하려는 메시아의 강림으로 해석한다.

> 어두움에는 빛을, 거짓에는 참을, 미움에는 사랑을, 죽음에는
> 부활을,/생명으로 죽음들을 이기시기 위하여,/죽음에서 생명으
> 로 구하시기 위하여,/구세주는 오시네, 어둔 땅에 오시네.
> 　　　　　　　　　　　　　－「오늘도 아기는 오시네」 중에서

어두움과 거짓과 미움과 죽음을 이기고 오실 그리스도를 소망하고 있다. 키에르케고르는 크리스트교가 되는 조건을

'그리스도와 동시대인이 되는 것'이라 한다. 히브리인들은 역사를 하나님의 현현(epiphany), 다시 말해 하나님이 자신의 뜻을 나타내 보여 주는 거룩한 하나의 계시(revelation)로 간주하고 있다. 신약성서에서 시간을 지칭하는 용어는 Kairos와 Aion 두 가지이다. Kairos는 결정적인 하나의 순간이란 의미로 사용되고 있고, Aion은 어떤 특정한 기간이나 범위를 나타내는 데 사용되고 있다. 성경의 결정적인 순간, 즉 Kairos는 하나님의 오묘한 섭리가 인간 세상에 실현되는 순간[10]을 말한다. 카이로스적 시간 인식은 예수의 탄생 장면에서 '지금, 여기, 오시는' 영원한 현재로 나타난다. 이는 과거의 사건에 대한 현재적 해석으로, 모든 종교인들이 성경적 사건에 대해 이와 같은 시간 의식을 보여 준다. 참다운 기독교인이란 그리스도와의 관계를 통해 입증될 수 있는 것이며, 그리스도인이라는 것 그리스도인이 된다는 것은 과거 성서의 사건에 현재적으로 참여하는 것을 의미하며, 이를 통해서는 인간 역사에 개입하는 신에 대한 믿음을 드러낸다.

또한 위 시에서 그리스도는 믿는 사람이 있는 곳에는 항상 현존하는 초월적 존재로서 낮아진 자, 동시대적인 자, 늘 오는 '역사적 그리스도'가 있다. 역사적 그리스도는 각 시대마다 헐벗은 자, 눌린 자들의 위로자로서 역사에 재현된다. 강한 자를 약한 자로 낮추고, 약하고 옳은 자를 강하

---

10) 김종두, 「복락원에 나타난 카이로스의 의미」, 『영문학과 종교적 상상력』, 동인, 1994, p.196.

고 옳게 만드는 것이 그리스도의 능력(「할렐루야」)이고 세상에 온 목적 중의 하나였던 것이다. 이 같은 민중적 예수는 박두진 기독교 시에서 현실 참여 의식, 메시아 의식으로 드러난다.

박두진은 시작의 초기부터 메시아의 도래를 염원하였다. 박두진은 고독한 그리스도의 이미지를 형상화시킨다. 버림받은 사람들의 소망적 존재이며, 소외된 사람들의 소망적 존재로서 그들에게 빛과 소망과 사랑을 가져오는 고독한 그리스도의 역설, 즉 비참한 종의 역설은 신이 인간을 향한 사랑의 증거로서 변증적 성격을 지닌다. 이와 같은 고통받는 신의 정립은 신의 전지전능한 속성을 확보시키고, 신이 가장 극단적이고 불가해한 고통의 상황 속에서 인간과 함께 그 고통을 공유함으로, 신은 절대적으로 선하다는 것 그리고 신의 인간에 대한 사랑을 보여 준다. 박두진은 그리스도의 삶을 고독한 삶으로 해석한다.

> 쫓겨서 벼랑에 홀로일 때/뿌리던 눈물의 푸르름/떨리던 풀잎의 치위를 누가 알까/…… 중략 ……/빈 하늘 우러르는/홀로 그때 쓸쓸함을 누가 알까/…… 중략 ……/이 만치에 홀로 앉아 땅에 쓰는 글씨/그 땅의 글씨 하늘의 말을 누가 알까/다만 침묵/흔들리는 안의 깊이를 누가 알까/…… 중략 ……/죄악 모두 죽음 모두/거기 매달린/나무 형틀 그 무게를 누가 알까/…… 중략 ……/적막/그때/당신의 그 울음소리를 누가 알까
> — 「聖孤獨」 중에서

위 시는 그리스도의 생애 33년간 사건을 연대기적으로 그리고 있으나, 첫 연부터 마지막 연까지 관통하고 있는 정서는 그리스도의 고독이다. '누가 알까'라는 행말어구의 반복은 '아무도 모른다.'는 의미를 내포하고 있으며 그리스도의 고독을 더욱 극대화한다. 그리스도의 고독은 세상에 홀로 버려진 고독으로, 인간의 죄에 비례하며, 이는 원죄 의식으로 이어져 시적 주체의 홀로 있음, 고독으로 재현된다.

그리스도의 '빈 곳에 홀로 있음'은 갈보리 언덕의 형상화에서 표현된다. 크리스천에게 있어서 갈보리 언덕은 세계의 중심이다. 하나님이 인간을 창조하였으나 인간의 교만으로 타락하게 되어 에덴동산에서 축출당하였고 하나님이 인간을 사랑하는 마음으로 그리스도를 땅에 보내어 갈보리 산 십자가 위에서 인류의 죄를 대신 지고 贖罪祭의 제물이 되었기 때문에 인간들은 하나님께로 돌아오기만 하면 구원을 받는다는 신앙고백의 출발점이 되기 때문이다. 갈보리는 성소이며 신앙적 공간이다. 박두진은 갈보리를 텅 빈 이미지로 형상화한다.

> 해도 차마 밝은 채론 비칠 수가 없어/낮을 가려 밤처럼 캄캄했을 뿐//방울방울 가슴의/하늘에서 내려 맺는 푸른 피를 떨구며//아으, 엘리 엘리 라마 사박다늬……/엘리 엘리 라마 사박다늬……//그 사랑일레 자지러져 죽어 간 이의/바람 자듯 잦아드는 숨결 소리뿐.//언덕이여 언덕이여. 텅 빈 언덕이여./아무 일도 네겐 다시 없었더니라.//마리아와 살로메와 야고보

와 마리아와/멀리서 여인들이 흐느껴 울 뿐.//몇 오리의 풀잎
이나 불리웠을지/휘휘로히 바람 곁에 불리웠을지.//언덕이어,
죽음이어, 언덕이어, 고요여./아무 일도 네겐 다시 없었더니라.
−「갈보리의 노래 Ⅰ」 중에서

    갈보리는 죽음과 고요만이 있을 뿐 아무 일도 다시는 일
어나지 말아야 하는 텅 빈 공간이며, 이는 갈보리 십자가상
의 그리스도의 고독을 극대화한다. 그리스도의 고독은 신과
인간에게 버림받은 고독이기 때문에 그 깊이를 짐작할 수
없다. 시의 화자는 그리스도의 고통과 슬픔과 고독을 내면화
하여 그리스도의 죽음이 나의 죄로 인한 것임을 깊이 깨닫
는다. 성경에서 구원은 하나님의 능력과 그 아들의 피 값으
로 이루어졌다고 본다. 그렇기 때문에 종교인으로서 박두진
의 갈보리는 이스라엘에 있는 한 지리적 지점이 아니라 시
인이 추구하는 절대정신을 지닌 신앙적 사유의 공간이 된다.
    박두진은 하나님의 인간에 대한 지극한 사랑을 체험한
후에 그것을 '갈보리＝하나님의 사랑'이라는 시적 언어의
등가물로 나타낸다. 그렇기 때문에 부활에 대한 소망은 죄
의 무게만큼이나 강한 의미를 지닌다. 타 종교와 기독교의
차이는 부활 신앙에 있다. 그리스도의 부활(resurrection of
Jesus Christ) 신앙은 기독교 신앙과 메시지의 핵심이 되며,
부활은 그리스도가 죄를 속죄하시고 죽음을 정복하였다는
기적적인 증거이기 때문이다.

일어났네./툭툭 털고 부숭부숭/죽음 일어나./이겼네./솟아올라
금빛 화살/무너지는 어둠/무너지는 죽음/무너지는 돌문/이겼
네./나 다시 당신 말씀/뜨거운 빛 힘/올라가는 하얀 층계/당신
아침 무릎/할렐루야/영원 절대/나/이겼네.

-「使徒行傳 11」중에서

그리스도의 십자가 처형 장면인 전반부는 '무너지는 어
둠, 죽음, 돌문'과 같은 무게를 가지고 하강하고 있으나, 부
활의 승리를 찬양하고 있는 후반부(인용 시)는 '솟아오른다,
금빛, 화살, 하얀 층계'와 같은 수직적 이미지가 주를 이루
고 있다. 그리스도의 부활을 의미하는 금빛 화살, 빛, 하얀
층계는 가볍다. 그러나 그리스도의 부활로 죽임을 당한 것
들은 어둠, 죽음, 돌문 등 무겁고 내려앉는 이미지들이다.
위 시에서 시적 주체는 '나/이겼네.'라고 표현함으로써 그
리스도의 부활의 사건과 자신의 부활을 동일시하여 그리스
도가 사망의 권세를 이기고 부활한 것처럼, 시적 주체도 다
시 당신의 말씀에 힘입어 부활하고자 하는, 영적 부활에 대
한 소망을 현재적으로 재해석한다.

2) 기독교적 자연 인식

박두진은 "이러한 모든 부정적이고 허무적인 심연에서

뛰어나와 보다 더 줄기차고 억세고 끝까지 밝은 소망을 가지고 참고 기다리자는 정신, 즉, 우리가 가질 바 하나의 영원한 갈망과 염원과 공경의 정서를 확립하는 바를 바탕으로써 자연을 택하지 않을 수 없었고, 거기에다 새로운 생명을 구하지 않을 수 없었습니다."11)라며 자연에 영원과 소망의 염원을 투사시킨다. 그는 자연을 통하여 하나님의 창조 역사를 찬양했으며 신을 찾았고 천상의 것을 지향한다.

(1) 정신과 신성의 공간 우주

보편적으로 우주는 가장 위에 위치한 무한한 공간이다. 성경에서는 창조의 전 세계를 지칭하는 것으로 하나님의 속성에 대한 무한함과 그 존재의 광대함을 드러낸다. 박두진은 우주를 통하여 신의 창조 능력을 경외하고, 우주의 넓이만큼 신에 대한 찬양의 넓이도 확장시킨다.

> 태고 -/있음도 아직 없고/없음도 아직 없던/그 말씀보다도 더 먼저인 우주//우주보다도 더 먼저인 하늘에 뻗치신/말씀은 곧 빛이었고
>
> -「그 때」 중에서

---

11) 박두진. 『시인의 고향』. 범조사. 1958. 184면.

영혼 속 우주/우주 속의 우주./태워도 또 더욱 타는/불멸의 이
불길 꺼질 줄을 모르네.

-「귀뚜라미의 노래」 중에서

빛보다 먼저인 우주, 우주보다도 먼저인 하늘은 '말씀
〈 우주〈 하늘'과 '하늘＝하나님'이라는 공식을 보여 준다.
우주는 하늘보다 큰 공간이지만, 박두진 의식 속에서는 하
늘보다 나중에 생성되었으며, 두 세계로 나뉜다. 하나는 물
질적인 세계의 우주이고 다른 하나는 정신세계의 소우주로
영혼 속에 존재한다. 영혼 속의 우주보다 더 속에 있는 또
다른 소우주 속에는 신을 향한 믿음의 불길이 타고 있다.

박두진의 시에서 우주에 있는 것들, 즉 빛, 별, 바람, 물,
불은 시간의 한계가 '억' 단위이며 '영원, 천년, 만년, 억만
년, 영영겁' 등의 측량할 수 없는 영원의 속성을 지닌다.
박두진은 물리적, 연대기적 순서가 아닌 심리적 순서로 시
간을 이끌어 나가는데 이는 시간의 제약을 받지 않는 시간
속에 살고 싶다는 역설적인 소망12)을 나타낸다.

'햇볕, 별, 하늘, 바람, 불, 강물, 우주, 하늘나라'는 하늘
에 대한 의지와 소망을 나타내는 초월적 상징체들이다. 그
는 창조의 연수를 무한대로 확대시키며 미래로의 시간 단
위를 또한 무한대로 확대시킨다. 현재의 한순간이 스스로의
시간성을 초월하여 현재 삶의 긴장을 극복하는 초월의 의
미를 가지게 된다. 박두진의 "오늘이 곧 어제이고 내일은

---

12) 엘리아데, 앞의 책, 518면.

모두 다 덧없는 어제이네."(「귀뚜라미의 노래」)와 같은 역
설은 시간이 어제로 역행한다. 결국, 박두진 시의 시간 단
위는 무시간적이며 측정할 수 없다. 억 단위의 시간은 계수
가 불가능하여 무시간적 현재(timeless present)가 된다.

억만년 타고 타는 외로운 햇볕
- 「날개」

영영겁 켜져 있는 별과 별의 푸른 혼
- 「날개」

억만 어제 억만 미래의 하늘 속
- 「예레미야의 노래」

억만년을 거처 내린 바람 속의 빛
- 「使徒行傳 3」

내 핏속을 흐르는 강물의 오랜 어제/밤하늘의 별의 영원
- 「彷徨 Ⅱ」

영겁을 쬐는 볕과 영겁을 부는 바람
- 「귀뚜라미의 노래」

몇 억만 광년 몇 억 억만 광년씩의 그 우주에서 우주
- 「어떻게 나를 빚으셨을까」

몇 억만 광년의 억만 배의 거리의/하늘나라
- 「聖內在」

바람, 빛, 물, 불은 억만년 전 창조의 시간부터 시작된
것들이다. 별은 영원히 켜져 있는 불빛이며, 햇볕은 홀로
억만년을 타고 타는 외로운 존재이며, 하늘도 억만 번의 어
제부터 시작하여 억만 번의 미래까지 그 끝을 알 수가 없
다. 억이라는 숫자는 무수한 0의 반복으로 이루어져 있다.
0이 첨가됨으로써 수가 무수히 반복되는 0은 거대한 사물

들을 향한 격정을 상징한다. 억 단위 숫자의 반복은 박두진의 확대 의지의 시적 형상화이다. 무한정으로 연속되는 시간은 인간의 시간에서 하나님의 시간으로 이행을 보여 준다. 무한대로 확장된 과거와 미래는 독자로 하여금 무한한 시간에 대한 의식을 감득하게 하여 정서의 울림을 심리 속에 무한히 확대해 나간다.

① 빛 이미지

박두진은 빛에 대해 "밝은 햇볕은 바로 그 암흑을 이기는 광명의 빛, 내가 곧 길이요 진리라는 그 종교적 빛, 생명의 빛, 진리의 빛, 약동의 빛, 힘의 빛, 불멸의 빛, 영생의 빛, 하늘나라의 빛, 곧 빛 그 자체의 빛의 구상 상징이면서 동시에 그 실체로서 그의 모든 존재론적인 바탕, 현상론적인 인식의 한 핵심의 구실이 되어 왔다."[13]고 종교적 의미를 부여한다. 빛, 빛살, 빛줄기 등은 겹, 쌓임, 언덕, 층계 이미지를 보인다.

> 百 千萬 萬萬 億겹/찬란한 빛살이 어깨에 내립니다.
> ─「午禱」중에서

> 억만 겹의 빛/속에서 그 속으로는 들어갈 수가 없다.
> ─「당신의 城」중에서

---

13) 박두진, 『한국현대시론』, 일조각, 1973, p.86.

빛으로 덧쌓이는 어깨의 무게로다.
                          -「金曜日 또는 失意의 그리스도」 중에서

빛으로 쌓여 오는/그 길의 층계
                          -「使徒行傳 16」 중에서

빛이 쌓이고./빛의 언덕 이만치 당신의/눈길/…… 중략 ……/
빛이 쌓이고./옥토처럼 기름지게/빛이 쌓이고
                          -「使徒行傳 18」 중에서

억만 겹의 빛은 들어갈 수도 없는 신의 광대한 힘과 위엄이다. 신이 인간에게 사랑과 은총으로 강림할 때도 빛으로 나타난다. '폭포 같은 빛줄기'(「갈보리의 노래」)같이 그리스도의 십자가 처형 자리에 몸소 임하는 신의 모습으로도 드러난다. 신의 은총을 상징할 때는 따사롭고 찬란한 부드러운 햇살(「사도행전」)이지만, 신의 강함을 나타낼 때는 들여다 볼 수도 없을 만큼 몇 만 겹의 강한 빛살이다. 빛이 한곳에 쌓여 집중됨으로 어둠 가운데서 강하게 힘을 발휘한다. 갈보리 어둠 가운데 홀로 매달린 그리스도의 고독과, 신의 섭리는 쌓인 빛으로 인하여 극대화된다. 빛으로 이루어진 고개와, 빛의 언덕은 갈보리의 시적 형상화에서 나타나는데, 갈보리는 빛인 그리스도가 구원의 사역을 이룬 언덕이기 때문이다. 성경은 그리스도가 빛이며 이 빛이 어두움과 죽음의 이 세상을 비추고 천국으로 이끌 것임을 말한다.

또한 빛은 죽음에서 부활로 이끄는 계단이 된다. 인간은 천상에 이르기를 고래로부터 꿈꿔 왔기 때문에 바벨탑과 같은 사건[14]이 있었다. 인간은 하늘에 오르기를 소망하였고, 죽음의 과정을 거치지 않고 하늘로 가기를 원한다. 사다리와 계단은 천상과 지상을 이어 준다. 층계 혹은 사다리를 통해서 하늘로 혹은 죽음의 밑바닥으로 내려갈 수 있는 상승과 하강의 이미지는 "구만구천구백 층계 무너져 내렸어요."(「童話」) "올라가는 하얀 층계"(「使徒行傳 11」)에서처럼 그리스도의 죽음과 부활의 사건에 형상화된다. 그리스도의 죽음은 층계 아래로 내려가고, 밑바닥에는 안개가 서린 어둠과 바위 같은 죽음이 있다. 빛으로 쌓이는 층계를 바라보며 사도들은 가슴에 소망을 품고 하나님을 향해 나아간다. 빛의 층계는 하늘로 가는 길이 되며, 층계 아래는 어둠과 안개와 바위 같은 죽음의 세계이다. 사다리, 층계, 하얀색의 색채 이미지를 통하여 박두진은 의식의 지평을 천상과 영원과 무한을 향하여 넓혀 간다.

하늘에 오를 수 있는 사다리의 상징은 히브리인들에게 있어서 야곱의 이야기에 드러난다. 야곱은 고향으로 가던 길에 돌을 베개하고 자다가 꿈속에 사다리를 보게 된다. 사다리의 끝은 하늘에 닿아 있고 하나님의 사자들이 그 사다리를 통

---

14) 성경. 창세기 11장 이하.

하여 이 땅과 하늘을 오르내리고 있는 것을 보게 되며 여호와께서는 사다리의 끝에서 야곱의 외로움과 두려움을 아시고 위로하며 축복을 줄 것이라고 말한다. 이와 같은 성경적 인식을 바탕으로 박두진은 야곱의 이야기를 형상화한다.

> 그때 집을 나와 빈 들에 잠잘 때 베고 자던 돌베개 홀로 이슬 젖고, 핏빛 눈물 젖고,//별들이 떨구고 간 꿈의 부스러기, 눈물 부스러기 쓸어 모아 깔고 자는 잠자리, 한밤에 뻗쳐 오는 사다리 꿈/오르락내리락 하늘까지 높고 높은 천사들의 옷깃 소리/노랫소리 울음소리 황홀하던,/남가일몽, 일장춘몽, 새벽녘,/서녘 멀리 한 조각 푸른 달 걸려 떨고/풀 버러지 즐즐 울고,/배고픔, 외로움,/뉘우침만 뼈저려,/어떡할까 막연한 돌 돌베개 고쳐 베는/눈물 철철 고쳐 베는
>
> ―「돌베개. 야곱」, 전문

사다리 꼭대기에는 천국, 반대의 끝은 지상의 현실이다. '천사, 노래, 웃음, 황홀'과 '떨림, 울음, 배고픔, 외로움, 뉘우침, 뼈저림'은 사다리를 사이에 둔 양극의 모습이다. 야곱의 앞에는 형이 자신을 죽이겠다고 벼르고 있고 뒤에서는 삼촌 '라반'이 자신을 쫓아오고 있는 사면초가의 현실 속에서 구원의 밧줄을 기다릴 곳은 하늘밖에 없었고 그 소망의 의지는 사다리로 나타난다. 이와 같은 의식은 "비로소 하늘로 올라갈 수 있는 사다리,/죽음의 바닥으로 딛고 내려갈 수 있는"(「가시면류관」) 사다리가 하늘로 올라갈 수 있는, 지옥으로 내려갈 수도 있는 매개가 된다.

② 영원과 소망의 상징 - 별, 불

성경에서 별의 수는 막대하여 아무도 셀 수 없고, 기타 어느 피조물보다도 그 빛나는 광휘를 통해 하나님의 영광을 선포한다고 한다. 이에 대해 박두진은 "하늘의 별은 시간의 제한을 초극하는 영원성 그 영원 자체의 상징으로서 불멸의 이미지로 살아 있고"[15]라고 별에 영원성과 초극성의 의미를 부여하며 "몇 백 년, 몇 천 년"과 같은 수식어를 붙인다. 별은 영혼이며 눈이다.

> 아, 머나먼 별 하늘의 저 별/옛날 옛날로부터/몇 억만 광년을/깜깜한 우주를 뚫고 와 맞닿는/찬란한 저 별빛은 당신의 눈이네
>
> −「列王記」 중에서

> 밤의 별들 별의 눈짓/영혼 불 밝히며/목을 늘여 우러르며/무엇인갈 바라/북남 동서 귀를 쭝겨/기다렸었네
>
> −「使徒行傳 6」 중에서

> 사랑이어 당신 말씀 영혼 불 일어남이어/…… 중략 ……/해와 달 해와 달빛 전신 바래우던/멀디 먼 별과 별을 영혼 헤매이던/사랑이어 이제 나는 깨여 일어나야 하네./지금은 와서 닿는 당신의 그 뜨거움
>
> −「使徒行傳 8」 중에서

---

15) 박두진, 앞의 책, p.86.

별의 빛은 하나님의 눈이며, 영영겁 켜져 있는 푸른 혼이다. 신의 눈동자는 인간들을 지켜 주는 파수꾼이기에 기독교인들은 '당신의 눈동자와 같이 나를 지켜주시옵소서'라고 바란다. 위 시에서 화자는 별의 눈짓에 영혼을 불 밝히고 신의 음성에 귀를 기울이며, 별과 별 사이를 헤매며 고뇌한다. 사도들은 소망의 별을 바라보며 별을 가슴에 품고 어두운 세상의 거리를 지나간다. 신을 향한 영혼의 의지는 불같이 일어난다.

> 내 영혼의 숲 속에/꺼지지 않는/불을 질러 놓고/너는/조용히/
> 저만치 혼자서/나를 바라보네.
> —「使徒行傳 7」중에서

> 사랑이어 당신 말씀 영혼 불 일어남이여/…… 중략 ……/멀
> 디 먼 별과 별을 영혼 헤메이던
> —「使徒行傳 8」중에서

> 뜨거운 빛으로/뻗치는 불꽃으로/선회하는 당신의 영혼의/핵심
> 에서 확산하는/언제나의 전투의 새로운 의지
> —「使徒行傳 19」중에서

불은 어두운 곳을 밝혀 주고, 태우며 추운 곳을 따뜻하게 해 준다. 영혼의 숲에 꺼지지 않는 불을 놓는 신의 눈길과, 기진해서 잠들었던 영혼은 불같이 일어나며, 뻗치는 불꽃으로 선회하는 신의 영혼은 승리에까지 이른다. 불은

영혼을 깨우며, 깬 영혼은 하늘을 향한다. 성경은 전도서에서 "인생의 혼은 위로 올라가고 짐승의 혼은 땅으로 내려가는 줄을 누가 알랴"고 영혼이 하늘을 지향하고 있음을 나타낸다. 영혼은 불같이 신을 향한다.

(2) 내면 공간의 표상 – 바다, 강

① 바다 이미지

성경에서 물은 재생의 의미를 지니며 이는 세례로 나타나는데, 세례는 질적으로 다른 삶으로의 정화 혹은 이행을 의미한다. 성경에서 이스라엘 백성들이 고난의 땅에서 새로운 구원의 땅으로 들어갈 때 강, 바다 등의 물을 건너는 장면은 물에 의한 세례 혹은 정화를 상징한다. 박두진 시는 청색 이미지가 주도적이다. 청색은 종교적 감정과 헌신과 순결을 그리고 순수성을 상징한다. 박두진 시에서 청색은 하나님 나라를 향한 의식을 드러낸다. 바다는 태초의 모습대로 순수하며 생명의 근원이다.

> ㉮ 태초에/태초에/물을 빚으시다./…… 중략 ……/천지에 모두 모인 물을/바다라 하시다.//찰름대는 처음/바다/바다 파도소리.//처음 푸른/하늘의 바다/바다 파도소리
> – 「創世記 波濤」 중에서

㉯ 그 바닷소리 지금 듣네./처음 당신이 나를 빚으실 때/우쉬
대던/혈조의 바닷소리/지금 내 혈맥 속에 맥박 속에/출렁이신/
그 푸르디푸른 바닷소리 듣네.
                                    -「使徒行傳 3」중에서

㉮의 바다는 천지창조의 물이며 ㉯의 바다는 생명의 근
원이다. 바다는 이상향인 섬을 품고(「부활절 별편」) 천지창
조의 현재적 증거가 되기 때문에 천국 혹은 신과 연관된다.
박두진은 바다를 매개로 자신의 내면을 드러낸다.

바람이 다시 일고/별들이 흩날리며 숲으로 떨어지네./나무와
나무 사이/저만치/바다들이 기슭에 와/어둠을 울고 가고
                                    -「使徒行傳 1」중에서

카인이 돌아가면 혼자였었네./몇 개의 돌덩이와/흔들리는 쑥대
/들리는 듯 멀리서 바다가 울고 오고
                                    -「使徒行傳 2」중에서

한 방울 뜨거운 눈물과/왕양한 바다의 바닷물이 다르지 않거니
                                    -「어떻게 나를 빚으셨을까」중에서

그때 눈물/그때 내 뜨거운 피/바다가 속에 울고/언덕이 속에
울고/눈 어두어 눈 어두어 지척대는 하늘/아무것도 없었네.
                                    -「使徒行傳 10」중에서

위 시에서 바다는 운다. 그리스도인들에게 울음은 자신
의 내면을 들여다보는 것이며 존재 깊숙이 들어가는 행
위16)이다. 화자는 바닷가에서 홀로 신의 모습을 찾고, 내면

깊숙이 들여다 본 자신의 원죄를 확인하고 눈물로써 회개한다. 바다 가운데는 섬이 이상공간으로 자리한다. 죽음과 범죄, 카인의 거리와 대척되는 공간은 섬이다. 섬은 수평적 초월을 이루는 유토피아, 시간의 밖에서 존재하는, 낙원 추방 이전, 에덴의 다른 이름이다.

> 나는 그때는, 비둘기를 타겠어요./니는 그때는, 학의 떼를 타겠어요./…… 중략 ……/참말로 먼먼 섬을 찾아가겠어요./눈물도 없고 죽엄도 없는,/춥지도 않고 더웁지도 않은,/배도 안 곯으고 아픈 일도 없는,/한 번만 젊어지면 늙지도 않는,/구슬 같은 파도가 기슭에 부서지는,/언제나 아침뿐인,/먼먼 푸른 섬엘 찾아가 살겠어요.
>
> — 「부활절 절편」 중에서

위 시에 섬은 인간 세상의 모든 고통, 희로애락과 생로병사를 초월한다. '눈물도 없고 죽음도 없다'는 것은 신약성서 요한계시록 21장의 "하나님은 친히 저희와 함께 계셔서 모든 눈물을 그 눈에서 씻기시매 다시 사망이 없고 애통하는 것이나 곡하는 것이나 아픈 것이 다시 있지 아니하리니 처음 것들이 다 지나갔음이어라."에서 인유된 표현이며, 이는 기독교인들의 내세에 대한 소망을 나타낸다. 시적 주체는 세속적 삶으로부터 일탈하여 섬으로 가기를 소망한다. 섬은 '참으로 먼먼' 곳이라고 두 번씩이나 강조된 현실

---

16) 오세영, 『현대시와 실천비평』, 이우출판사, 1983, p.68.

로부터 거리가 있다. 때문에 섬으로 가는 매개는 배가 아닌 비둘기나 학 같은 새이다. 배는 바다 위에 떠 있기 때문에 현실을 완전히 벗어날 수 없지만 새를 타고 날면 육지로부터 벗어날 수 있다. 섬으로 가면 가인의 거리, 어둠과 눈물과 분노와 싸움이 질퍽거리는 현실로부터 벗어날 수 있다. 박두진은 위 시에 대해서 "종교적인 갈망과 원망은 곧 인간적인 갈망과 원망이라야 하며, 부활이 인간 이면의 한 절정과 완성을 의미한다면, 그 완성의 형태는 인간이 지상에서 할 수 있는 최절정의 희구여야 하고, 인간이 지상에서 겪는 모든 불완전한 결함으로부터 오는 비극을 완전히 극복하는 것이라야 할 것"[17]이라고 한다. 불완전한 결함의 현실과 지상의 대척되는 공간으로 섬이 설정되고 섬은 절정과 완성의 형상화를 이룬 부활 이후의 세계와 같다.

② 피의 강

물은 여성적인 것으로서 알코올과 함께해서는 불이 되며 육신 속에서는 피[18]가 된다. 성경에 기록된 '물과 피'의 기독교적 상징은 모세가 이집트의 왕이 말을 듣지 않자 모든 물을 피로 만든 사건, 그리스도가 갈보리 십자가 위에서 물과 피를 쏟으신 사건, 그리스도가 겟세마네에서 전심으로

---

17) 박두진, 『박두진 문학정신 6』, 신원 문화사, 1996, p.76.
18) 아지자 외 3인, 앞의 책, 148면.

기도할 때 땀이 이마에서 피처럼 흘리는 것 등으로 나타난
다. 그리스도의 피는 인간을 구원이 길로 이끈다.

> 나무들의 인자/물과 피 흐르고,/피 장강 흐르고,/…… 중략
> ……/
> 그때/언덕/빛으로 흐르는/피의 강의 뜨거움
> > ―「할렐루야」 중에서

> 먼, 먼, 은하에서노 한줄기의 피의 강은 서는데
> > ―「갈보리의 노래 Ⅲ」 중에서

> 피가 물이었던,/그 말씀이 그 강이었던,/어딜까. 아, 당신 강은
> 어딜까.
> > ―「使徒行傳 5」 중에서

> 그때 내 뜨거운 피바다가 속에 울고
> > ―「使徒行傳 10」 중에서

> 청정한 나무의 수액과/뜨거운 혈맥의 피 흐름이 다르지 않
> 거니
> > ―「어떻게 나를 빚으셨을까」 중에서

> 바람기 멀리로 눈물을 날려가고/내 핏속을 흐르는 강물의
> 오랜 어제
> > ―「彷徨 Ⅱ」 중에서

위 시에서 피의 강은 그리스도의 갈보리와 연관되어 신
앙과 구원의 뜨거움을 강조한다. 피의 강이라는 표현으로
시적 주체는 그리스도의 고통을 동일시한다. 그리스도의 존
귀한 생애는 존귀한 피 흘림이며 가장 훌륭한 피 흘림은
가장 훌륭한 생명을 낳고 그리스도 피 흘림은 인간의 진정

한 생명을 구한다.[19] 그리스도의 피는 그리스도인들이 가지는 '그리스도의 피'에 대한 각별한 신앙, 즉, 그리스도의 피로써 만인이 구원을 받았다는 신앙을 드러낸다. 피의 강은 푸른 피라는 역설적 표현을 가능하게 한다.

> 해도 차마 밝은 채론 비칠 수가 없어/낮을 가려 밤처럼 캄캄했을 뿐//방울방울 가슴의/하늘에서 내려 맺는 푸른 피를 떨구며,
> 　　　　　　　　　　　　　　－「갈보리의 노래 Ⅰ」 중에서

위 시는 갈보리에서 십자가에 못 박힌 그리스도의 죽음을 배경으로 하고 있다. 박두진은 그리스도의 피를 푸른 피로 인식한다. 푸른색은 생동감과 생명력을 상징하고 그리스도의 죽음에서 삶을 발견한다. 죽음으로써 다시 살아난다는 역설적 사고가 푸른 피에 압축되어 있다.

(3) 광야 의식의 시적 형상화

박두진은 자연을 통해서 신성을 나타내고자 하였다. "어떠한 신의 말씀, 어떠한 신의 섭리도 자연의 이미지로 비유 전달될 수 있고 어떠한 풍부하고 고상한 인류의 이념이나

---

19) 이상섭, 「포옹무한, 그 모순의 극복」, 『박두진 전집 6』, 범조사, 1984, p.256.

이상도 자연의 이미지를 통해서 창조 설명되고 비유될 수 있는 것으로 나는 생각했던 것이다."[20]고 자연으로서 신의 섭리를 설명한다.

① 광야 이미지

이스라엘인들은 광야를 헤맬 때 자신들의 종교가 가장 순수했다고 기술한다. 세례요한은 광야에서 메뚜기와 석청을 먹으며 약대 털옷을 입고 허리에 가죽띠를 두르고 '회개하라 천국이 가까웠느니라'고 외쳤다. 박두진의 시에서도 광야는 신과 만나는 공간이 된다.

박두진 시에 나타나는 넓은 광야는 모랫벌, 벌판, 사막, 눈벌판, 사막, 광야, 가시밭과 같은 공간이다. 박두진은 자신을 길러 준 것은 허허벌판이었다고 서술한다. "나의 가장 다정다감했던 소년 시절의 대부분을 길러 준 자연 환경은 허허한 벌판이었다. 대부분이 논벌 멀리 한 이십 리쯤 저만치로 길고 묵중한 청룡한 줄기가 그 시야를 하늘로 맞대어 줄 뿐 거기까지는 그대로 일망무제, 아무것도 가리는 것이 없는 허허한 벌판이었다."[21] 광야는 신의 음성을 기다리는 공간으로 지상과 섬 사이에 위치한다. '저자(시장)'가 인간 내면에 존재하는 불신을, 섬이 부활 후의 세계를 표상하고

---

20) 박두진, 「시와 사랑」, 『청록집 시대』
21) 박두진, 『한국현대시론』, 일조각, 1973, p.86.

있다면, 광야는 지상에서 섬으로 가기 위한 중간 지점으로서 신을 찾는 공간이다. 가인과 탕자의 벌판은 황폐하지만, 신을 찾는 광야는 신성한 공간이다.

> 일히도 새도 없고,/나무도 꽃도 없고,/쨍쨍, 영겁을 볕만 쬐는 나 혼자의 曠野에/온몸을 벌거벗고/바위처럼 꿇어,/귀, 눈, 살, 터럭,/온 心魂, 全靈이/너무도 뜨겁게 당신에게 닿습니다./너무도 당신은 가차이 오십니다.
>
> ―「午禱」 중에서

모세의 호렙산, 바울의 다메섹 도상[22] 등 성서의 인물들은 回心의 자리를 가지고 있었고, 이 회심의 자리는 산이나 동굴 그리고 들판 등이었다. 회심의 자리를 박두진은 광야에서 찾는다. 아무도 없는 광야에서의 기도는 신에게 가장 가까이 가는 순간이다. 이때 시적 주체는 벌거벗고 꿇어앉았는데, 신 앞에서 무릎 꿇는다는 것은 경건함과 복종의 자세를 나타낸다. 성경의 인물들은 하나님을 볼 때 그 장소가 거룩한 땅이므로 신발을 벗었다.[23] 박두진도 신을 찾을

---

22) 모세의 호렙산: 하나님을 만난 곳으로 광야생활을 청산하고 하나님의 명을 받들어 이스라엘 백성을 출애굽시키기 위한 부름의 장소(성경 출애굽기 3장) 바울의 다메섹 도상: 사울(나중에 바울로 이름을 고침)이 그리스도인을 핍박하기 위해 다메섹으로 가는 길에 그리스도를 만나게 되고 그리스도의 제자로 돌아선 자리(성경 사도행전 9장).

23) 성경 출애굽기 3장 5절: 하나님이 가라사대 이리로 가까이하지 말라. 너의 선 곳은 거룩한 땅이니 네 발에서 신을 벗으라(예배 때는 신을 벗는다). 성경 이사야 20장 2절: 네 허리에서 베를 끄르고 네 발에서 신을 벗을 지니라 하시매 그가 그대로 하여 벗은 몸과 벗은 발로 행하니라.

때는 맨발과 맨몸이다. 옷을 입지 않고 신을 신지 않았다는 것은 겉치레를 벗고 정직한 마음으로 신께 다가가는 행위이다. 모세는 광야에서 하나님을 만났으며, 이스라엘 백성이 하나님의 불기둥과 구름 기둥 그리고 놋뱀의 기적 등 하나님의 역사하심을 직접 본 곳도 광야였다. 광야나 들판 또는 홀로 있는 곳이 성소이고 그곳에서 신의 음성을 듣는다. 신을 찾고 그를 향해 부르짖는 들, 산, 벌판, 사막 등의 신성한 공간이다. 박두진은 홀로 있고자 하며, 홀로 있음으로 인해서 더욱더 존재의 고독을 체험하고 그 가운데서 신을 찾는다. 신은 자아에 눈떠 허무의 심연을 바라볼 때나 내가 단독자로서 출발할 때에 찾아지는 것[24]이기 때문이다.

광야 멀리 홀로 서서/외로움에 전율할 때/더욱더 활활 타며/육박하는 당신

－「하나만의 이름」 중에서

언덕이어. 당신의 곳 너무 높고 머네./지쳐 잠든 벌판 여기 너무 넓고 뜨겁네./아무들도 이젠 없네.

－「使徒行傳 5」 중에서

쏟아지는 또약볕/혼자만의 벌판/대낮에도 이리 울음/가슴 떨었었네.

－「使徒行傳 6」 중에서

벌판에 혼자일 땐 스스로에/군중 속 혼자일 땐 그 속에

－「使徒行傳 12」 중에서

---

24) 김용직, 「시와 신앙」, 『한국문학의 비평적 성찰』, 민음사, 1974, p.203.

아직도 볕을 간다./그림자와 나/햇볕과 햇볕 사이/그림자와
나,/바람도 풀도 없고,/······ 중략 ······/구름도 새도 없고 맨발
로 나 혼잣길/모랫벌 간다.

- 「使徒行傳 17」 중에서

　광야에 홀로 있고자 하는 것은 종교적인 공간에 속해 있
으면서 현실로부터 자신을 독립시키고 현실로부터 자기를
소외시키는 작업으로, 이때 신은 가까이(「午禱」) 온다. 박
두진의 홀로 있음에 대해서 김해성은 "신념은 강인하지만
신앙은 어찌 보면 아주 고독한 자기 다스림의 수심 행로
작업이다. ······ 어쩌면 고독한 것이 아니고 고고한 자아의
수심에서 풍겨 오는 시인의 시향일 수도 있다."[25]고 시인
의 향기로 해석한다. 시적 주체는 적막한 모랫벌에 혼자 있
으며, 맨발로, 홀로, 모랫벌을 가며, 아무도 없는 곳에 지쳐
잠든 벌판, 군중 속에서도 홀로이다. 홀로 있음으로 인해서
고독의 의미는 커지고, 혼자 있음으로 인해서 공간은 더욱
더 넓어진다. 홀로 있는 작은 공간에서 시작되는 존재의 의
미는 넓고 높게 그 공간적 지평을 넓혀 가고자 한다. 위로
는 우주 위의 우주 넓고 광대한 우주로, 아래로는 심연 바
닥과 같이 끝이 없는 심연으로, 수평적 공간에서는 변두리
나 가의 가로 끝없이 확장해 나간다.

---

25) 김해성, 『현대한국시사』, 대광문화사, 1987, p.394.

② 수사상의 광야 지향 의식

박두진의 시는 신을 향한 기원의 내용이 주를 이루고 있기 때문에 존칭형 어말어미로 끝나는 경우가 많다.

> 너무 짙은 어둠을 물러가게 하소서 -「나 여기 있나이다 주여」
> 그것으로 뚫어 샘이 되게 하세요 -「祈願」
> 봉우리를 수옵소시 主여 -「五月의 祈禱」
> 나 홀로의 핏덩이를 보셨습니까 -「午禱」
> 몇 줄기의 눈물론들 뉘우쳐나 봤을지요 -「橄欖山 밤에」

이처럼 '~소서, ~여, ~세요, ~습니까, ~지요' 등의 존칭형 말 어미로 끝날 때 발음의 일치가 상대적으로 더 길어지므로 각운과 여운을 강하게 느끼게 해 주고 시는 더욱 연장되는 느낌을 갖게 한다. 또한 박두진의 시는 폐쇄적 종결어 '~다'로 끝나는 것보다는 개방적 종결어로 끝나는 경우가 더 많다. 시의 말 어미를 임의적인 생략이나 압축으로 맺지 않고 있기 때문에 시상도 시의 독법도 자연스러운 안정감을 가지게 된다.

> 불이 불을 일으키고 바람이 바람을 일으키네 -「列王記」
> 그것은 일어나리 -「예레미야의 노래」
> 사랑이어 당신 말씀 영혼 불 일어남이어 -「使徒行傳 8」
> 얼마나 놀랍고 신나는 얘긴가 -「날개」
> 셋째날이러라 -「創世記 波濤」
> 번개 빛일 수도 있었을 것을 -「어떻게 나를 빚으셨을까」

우리들 모두는 안겨 있느니 −「뜨거운 傷處」
당신은 참으로 누구실까 −「바람소리」
목수여 −「聖內在」

'~네, ~리, ~이어, ~가, ~리라, ~러라, ~것을, ~느니, ~실까, ~여' 등의 개방적 종결어미는 '~니다' 등의 폐쇄적 어말어미로 종결짓는 것보다는 시의 지평을 더욱더 넓힌다. 개방적 어말어미의 주된 사용은 박두진의 수사상의 확장 의식, 무한대 의식, 끊임없는 의식을 보여 준다.

박두진의 시는 제법 길다. 기독교 시가 산문시처럼 길어지는 이유는 짧은 형식은 종교적인 주제라든가 추상적인 진술에는 적당한 시형이 되지 못하기 때문[26]이다. 산문시는 소리의 반복, 이미지, 의미 단어, 어귀, 구문, 문장들의 반복에서 얻는 효과에 의존해야 한다. 그렇기 때문에 박두진은 긴 기독교 시에서 나열과 점층의 방법을 반복하게 되는 것이다. 박철희는 박두진의 이와 같은 특성에 대해 "비유, 정열, 예언 등을 통하여 순진과 청신의 세계에 의미를 깊게 하기도 한다. 이러한 정신과 결합된 감각적 발상은 순전히 내밀적이면서도 자설적[27]"이라고 긍정적으로 평가하나, 신익호는 "의욕이 앞선 나머지 과도한 감정이 관념적으로 빠져(과장, 반복법, 감탄부호 남발) 생경한 느낌이 든

---

26) 김명인, 『한국근대시의 구조 연구』, 한샘, 1988, p.109.
27) 박철희, 「청록파 연구 2」, 『국문학 논문선』, 민중서관, 1977, p.448.

다."[28]고 부정적으로 해석한다. 나열과 반복, 점층은 성서에서 자주 인용되는 어법이다. 성서적 독법을 시로 불러내고 있는 다음의 시를 살펴보면

> 쨍쨍한 그 산꼭대기/혹은 그 바닷가/혹은 그 무막한 모래벌/혹은 계곡/혹은 침침한 동굴 속/혹은 그 난만한 꽃밭에서/혹은 습지/…… 중략 ……/딱다구리나 기러기/꾀꼬리나 까마귀/혹은 타조/혹은 뻐꾹새나 노고지리/혹은 희디하얀 백조/…… 중략 ……/훨훨 나는 나비/비단거미 왕퉁이/잉잉대는 꿀벌/하늘소와 자벌레 달팽이와 개밥뚜기/비단벌레 방구벌레 개똥벌레 깔따귀/…… 중략 ……/상수리나무/향나무와 잣나무/자작나무 소나무/물푸레나무 풍나무/박달나무 팽나무/으루나무 전나무/엄나무 신나무/백화나무 주목/산수유와 동백/……후략……
>
> ─「어떻게 나를 빚으셨을까」 중에서

위 시는 계속될 것 같다는 느낌이다. 끝없이 이어짐은 수사상의 광야 지향 의식이다. 하나님이 택하지 않은 인간들의 영화가 허무하다는 것을 강조하기 위해 박두진은 시「열왕기」에서 나열의 수법을 사용한다. 성경의 열왕기는 이스라엘과 그 주변 국가의 왕조사를 기록한 히브리인들의 역사서이다. 이 책에는 수많은 왕과 왕조가 꽃이 피듯 한순간에 일어났다가 점멸하듯 사라져 간다. 위 시에는 창세 사건시에 창조되지 않은 공간이 없었고, 동물들 식물들 우주

---

28) 신익호, 『한국 현대 기독교 시 연구 ─ 김현승, 박두진, 구상 시를 중심으로』, 전북대박사논문, 1987, p.84.

와 시간 모든 것이 처음 생겨났다는 것을 강조하고 복잡한 가운데서 신의 질서정연함과 순리를 수많은 공간과 동식물들과 공간의 나열방법을 통해서 드러낸다. 박두진 시의 반복과 점층은 단순화를 획득하게 되고 그 단순화가 다시 심층적 복합성을 상징적으로 응집시키고 있다. 김해성은 박두진 시의 이와 같은 특성에 대해서 "그는 순수한 한글의 반복적 언어의 배열 배합으로, 신비로운 경지에 입문시켜 주며"[29]라고 박두진 시가 가지는 반복의 기능이 신비한 세계로 이끌어 주는 역할을 한다고 해석한다.

또한 수사상의 극소 의식은 근원과 중심을 상징하는 뼈와 핵 이미지로 나타난다. 성서에서 에스겔(Ezekiel)의 뼈가 다시 붙어 살아나는 환상은 죽음의 골짜기에서 다시 소생하는 생명을 의미하기 때문에 뼈는 소망[30]을 의미하며, 아담의 뼈로 여자를 만들었기 때문에 만물의 근원이라는 의미를 가지고 있다. 또한 뼈는 인간 신체의 가장 중심에 위치하기 때문에 중심이라는 의미를 가지기도 한다. 박두진의 신체 상징에서 뼈 이미지는 중심 혹은 근본을 나타낸다. 뼈는 갈보리에서 영과 육의 만남, 신과 인간의 만남도 모든 겉치레를 다 벗어 버린 근본적 상태에서 시작한다.

---

29) 김해성, 앞의 책, p.389.
30) 성경 에스겔 37장 11절 이 뼈들은 이스라엘 온 족속이라 그들이 이르기를 우리의 뼈들이 말랐고 우리의 소망이 없어졌으니 우리는 다 멸절되었다 하느니라.

인간과 신의 만남/신과 신의 처음 만남/육과 육/영과 영/영과
육의 처음 만남/…… 중략 ……/살과 그 뼈밖에는/아무것도
없었네.
- 「使徒行傳 10」 중에서

　살과 뼈는 창세기 3장 23절 "아담이 가로되 이는 내 뼈
중의 뼈요 살 중의 살이라 이것은 남자에게서 취하였은즉
여자라 칭하리라 하니라."의 뼈와 살에 근원한다. 위 시에
서 시적 주체는 그리스도의 죽음을 영과 육이, 신과 인간이
처음 만난 창세적 사건으로 해석한다. 이는 그리스도의 아
픔과 고독을 가장 속에서 이해하고 체험하고 있는 것이며
극소 의식이 신체의 가장 근본인 뼈 속까지 이르게 된 것
이다.

　또한 박두진은 겹침과 중복의 표현을 즐겨 사용하여 나
타내고자 하는 것, 즉 순수보다 더 순수한 순수를 독자로
하여금 감지하게 하고 그 구절에 집중하게 한다.

눈물 속의 눈물/바람 속의 빛/꽃의 속의 씨앗
- 「使徒行傳 3」 중에서

영혼 속 우주/우주 속의 우주
- 「귀뚜라미의 노래」 중에서
영의 영/물의 물/빛의 빛/불의 불
- 「使徒行傳 11」 중에서

그 햇살 속의 햇살로/구름 속의 구름으로
- 「그 때」 중에서

눈물 속의 눈물, 나의 나, 나의 안의 나, 우주 속의 우주, 영의 영, 불의 불, 물의 물, 햇살 속의 햇살, 구름 속의 구름에서 앞의 항과 뒤의 항은 의미가 다르다. 앞의 항이 물질적 세계를 형상화한 것이라면 뒤의 항은 비물질적 세계를 형상화한다. 뒤의 항은 앞에 있는 항목에서 더 깊이 들어간 절대 순수의 경지를 나타내며 이는 극에서 극으로 이르는 박두진의 극단 의식을 드러낸다. 눈물, 나, 우주, 영, 불, 물, 햇살, 구름 등이 안과 속의 표현을 반복하고 있는데 이는 좀 더 높은 차원으로의 승화이다. 이러한 중복된 구조를 토하여 하나님을 향한 믿음의 의지를 확대시키는 것이다.

극단의 의식은 극소의 의미를 지닌 '핵'에까지 이른다. 핵은 순수하고 중심적인 신앙의 열망을 표현한다.

> 조용조용 안의 새벽/트고 있었네./나도 몰래 내 속에서/트고 있었네./내 속에서 절로 트는/순수 빛의 핵.
> —「使徒行傳 11」중에서

> 불과 물은 갈리기 이전의 서로 하나./빛과 바람은 갈리기 이전의/기운의 핵, 精
> —「그 때」중에서

> 처음 실재/원형질/그 유전자/핵
> —「어떻게 나를 빚으셨을까」중에서

그리스도가 부활한 신새벽의 빛은 세상의 어떤 빛보다도

가장 순수한 빛 가운데의 빛이다. 바람과 빛은 한 기운에서 갈라졌고 그 기운의 핵은 바로 精으로 가장 중심의 것이다. 한 精의 중심에서 기운에서 갈라져 나와 천지는 창조된다.

　박두진의 극대, 극소의 광야 의지는 산문에서 "대상을 잡으면 끝까지 잡고 늘어지고 더 깊이 더 넓게 더 높게 더 그 시 자체에 육박하는 것이 내 시적 성벽과 자세가 돼 왔다. 그러한 필연적 결과에서 얻어지는 탈고의 순간의 감상이 반짝하는 순간적 쾌감보다는 어떤 진지한 극복감, 파란 많은 정복감에 더 가까우리라는 것은 당연한 일일 것이다. 끝없이 갈망하고 언제까지나 기다리고, 끝없이 탐구 모색하고 끝까지 추리하고 그 성취와 완성과 만남과 정복의 한계를 무한, 영원, 미지, 미래적인 데 두는 나의 이 시의 역정은 바로 하나의 무한 역정이 아닐 수 없다. 어느 한 편의 시의 탈고 혹은 몇 편 혹은 몇 십 편의 시의 완성으로서는 이루어질 수 없는 무한 갈망 무한 미완성, 무한 미흡의 상태의 그것일 것이 분명하지 않는가?"[31] 같은 언급에서도 드러난다.

31) 박두진, 『박두진 문학정신 7』, 신원문화사, 1996, p.30.

3) 현실 초극 의식

反天上의 표상 - 저자, 별판, 골짜기

하나님이 세상을 창조하였을 때는 밝음과 빛의 순수 공간이었지만, 카인의 최초의 살인으로 인해서 죄가 순수의 공간으로 들어오게 되고 그 범죄의 피가 인간들의 피에 흐르고 있기 때문에(원죄) 지상은 그늘진 곳이다. 인간 세상, 거리, 마을, 저자는 섬과 상반되는 모습이다. 섬은 따뜻하고 사랑과 영생과 빛이 있지만 지상은 타락한 인간과 추위, 미움, 죽음, 어둠이 있다.

> 아, 때론 폭풍/때로 어둠/죽음들의 저자/눈물들의 저자/피 웅어리 뚝뚝 듣는/꽃잎들의 빗발/얼룩지며 빗발 속을/별판 헤맸었네.
> ─ 「使徒行傳 6」 중에서

박두진은 저자를 어둠, 폭풍, 죽음, 눈물로 본다. 이것들은 세상의 험난함과 죄성을 드러낸다. 천상은 빛발이 찬란한 곳이지만 지상은 피 빗발이 떨어지는 어둡고 음습한 곳이다. 흑암은 악, 비참, 형벌의 의미를 지니고 있다. 어둠과 밝음의 대비로써 이 세상에는 어두운 것들 즉 죄악, 의심, 불신 등이 만연해 있으나 결국은 빛이 승리할 것이라는 하나님의 섭리에 신뢰 의식을 드러낸다. 박두진은 어둠을 지상의 죄성과 연결 짓는다. 세상이 어둡고 부정적인 것들로 가득할수록 빛인 신의 가치는 높아져 간다. 세계에 대한 회의 속에 신을 찾는 과정은 구원에 대한 소망을 더 돋보이게 하는 것이다.

벌판은 황폐와 불모의 인간성을 상징한다. "천년을 나지 않는 불모의 이 들에"(「禱願」), "모랫벌이 불타듯 마음이 팍팍할 때"(「새해에 드리는 祈禱」), "사막처럼 팍팍한 내 마음 메마름에"(「당신의 눈에 부딪힐 때」)처럼 팍팍한 곳에서 그는 하나님을 찾으며 만난다. 불모의 들에는 당신의 핏방울을, 모랫벌과 같은 팍팍한 마음을 적시는 성령의 비를, 사막과 같은 팍팍한 마음에는 뜨거운 눈물을 내려 주길 원한다. 벌판은 탕자나 가인과 같은 죄인들의 공간이다.

그때/대낮/벌판에 처음 도끼/카인의 처음 도끼
  － 「할렐루야」 중에서

그날/어디나 지구에/등불은/꺼지고/밤안개 짙고/다만//자지러져 울음 우는 아가들의 적막뿐인/…… 중략 ……/그때/대낮/벌판에 처음 도끼/…… 중략 ……//못 박으라, 못 박으라, 못 박으라./카인, 떠드는 카인들의//함성 절규 함성./…… 중략 ……/짙은 적막 안개 속의//우리들/카인.//증오./불신./배반./잔학./서로가 서로 빠져/헤어나지 못하는,//죽어서 죽음 속에 바닥의 바닥/늪./그때 그 늪./무망 어둠 고독 속의//죽음의 그 늪.

  － 「어떻게 찬양할까」 중에서

그때/빈/벌판/······ 중략 ······/맨발의 벌판 가시밭/끝없는 바
람의 벌판에/스러지는 노래/······ 중략 ······/굶주린 벌판의/잡
새도 쪼지 않는/시

　　　　　　　　　　　　　　　　　　－「蕩子恨」 중에서

　가인은 아브라함과 야곱과 아벨에 대비되는 세속적인 인
물이다. 가인은 장자였기 때문에 법적으로는 가문의 기업을
이어받을 자였으나 하나님은 가인의 믿음 없음을 보시고
믿음 있는 아벨의 제사를 받으셨고 이에 분개한 가인은 아
우 아벨을 돌로 쳐 죽임으로써 인류 역사의 첫 살인자가
된다. 위 시에서 가인은 최초로 살인죄를 범한 범법자이지
만, 시적 주체는 가인의 죄 속에서 자신도 죄인임을 깨닫는
다. 가인이 처음 죄를 들여옴으로써 세계는 등불이 꺼지고
밤안개가 짙어지고 아이의 고통스런 울음뿐이다. 가인의 범
죄는 그리스도의 처형 현장에서 그리스도를 못 박으라고
외치는 수많은 군중들의 소리로 이어지며, 시적 주체는 이
를 시인함으로써 자신의 피에 흐르는 원죄성을 인정한다.
증오와 불신과 배반과 잔학은 카인적 속성이면서 시적 주
체가 가지고 있는 원죄의 속성이기도 하다. 카인의 죄를 자
기의 죄로 받아들이고 그 어리석음과 타락을 자신의 것으
로 수용하는 것은 카인과 자신을 동일시하고 타락을 구원
의 발판으로 삼으려는 역설적 사고이다. 자신의 죄인 됨이
가인의 피로부터 연유되었음을 인식하고 그리스도의 피로

구원을 받을 수밖에 없음을 깨닫는 것이다. 결국, 위의 시에서 '어떻게 당신을 찬양할까'는 인간들의 비참함에 대한 통회의 기도이다. 가인은 동생을 질투해서 죽인 살인자이고 탕자는 아버지의 뜻을 따르지 않고 집을 나간 인물이다. 박두진은 이들을 하나님의 명령을 어기고 살아가는 많은 현대인들로 재해석한다. 이들은 굶주림과 죽음이 공존하는 고통의 벌판에 존재한다. 성서의 시편은 "내가 사망의 음침한 골짜기로 다닐지라도 해를 두려워하지 않을 것은 주의 지팡이와 막대기가 나를 안위하시나이다."고 어려운 지경에 이르렀을 때 '사망의 음침한 골짜기'라고 한다. 아골 골짜기는 아간이 바친 물건을 도둑질하여 하나님께 범죄함으로 이스라엘 백성이 그를 돌로 쳐 죽인 곳이며, 인간의 모든 탐욕과 죄악이 묻힌 공간이다. 매슈스(J. S. Matthews)는 신은 우리의 마지막 안식처라고 말하고 있다. 신에 대한 믿음은 비록 불안정하고 불확실하며 막연한 것이지만 그럼에도 불구하고 우리의 과거와 미래 앞에 펼쳐 있는 어처구니없이 '황폐하고 슬픈 시간'으로부터의 커다란 구원이며 인간의 다른 인간에 대한 구제받지 못할 잔인성의 기록인 역사에 대한 유일한 위로이다.[32] 이런 죽음의 골짜기에서 박두진은 인간 구원의 역사를 기다린다.

---

32) 李俊鶴, 「T.S.엘리엇의 '네 사중주' 연구」, 『문학과 종교의 만남』, 동인, 1992, p.108.

외롭고 쓸쓸한 사람들을 위하여/외롭고 쓸쓸한 사람들의 마을
에 오시네./…… 중략 ……/굶주리고 헐벗은, 그리고 마음이
가난한 사람들을 위하여/굶주리고 헐벗은, 그러한 사람들의 마
을에 오시네.//눌리우고 시달린, 서럽고 약한 사람들을 위하여
/눈물과 피와 피눈물을 흘리는 사람들을 위하여/…… 중략
……/눈물과 서러움과 쓸쓸함이 가득 찬/사악함과 거짓과 배
반함이 가득한/주검들이 덧덮인 이 어두움의 골짜기엔
－「오늘도 아기는 오시네」 중에서

위 시에서 마을은 마음이 외롭고 쓸쓸하고 굶주리고 헐
벗고 눌리고 시달리고 서럽고 약하고 눈물과 피눈물을 흘
리는 사람들의 공간이며, 골짜기는 눈물과 서러움과 쓸쓸함
과 사악함과 거짓과 배반함과 주검이 덧덮인 공간이다. 메
시아로서의 그리스도가 이 현실로부터 사람들을 구원하기
를 바란다.

4) 신앙심의 응축과 확대

(1) 나약한 자아의 표상 － 새, 사슴

박두진은 거대한 자연의 앞에 서서 느끼는 홀로됨과 고
독은 극대와 극소를 지향한다. 거대한 시간과 공간 속에서
시적 주체의 존재는 무한으로 축소된다. 박두진은 자신의

모습을 하나님의 보호 앞에 있는 나약한 짐승으로 표현한다. 그렇게 함으로써 신의 은혜는 커지고 축소된 존재는 무한으로 극소화된다. 극대화된 신의 능력에 따라 자신의 믿음도 또한 극대화된다. 그렇게 불안한 인생을 홀로 살아가고 있는 자신을 신의 눈동자가 지켜봐 주고 있음을 강조하고 있다. 박두진은 자신을 새나 혹은 노루, 사슴과 같은 연약한 동물에 비유한다. 이들은 독수리나 사자, 호랑이 같은 맹금류이기보다는 쫓기고 있는 상처 입은 작은 새, 혹은 연약한 초식동물이다.

> 산새였었네./나무 끝에 혼자 앉는/산새였었네./매일지/독수릴지 가슴 조이며./언제나 쫓기이듯/산새였었네.//노루였었네./골짜기를 혼자 가는/노루였었네./이리일지/개호주일지 가슴 조이며/언제나 쫓기이듯/노루였었네.//그랬었었네./아, 그때마다 당신은 나를 보았네./어디선가 나를 지켜/보고 있었네.
>
> 　　　　　　　　　　　　　　　　　　　－「使徒行傳 9」중에서

위 시에서 시적 주체는 매나 독수리에게 쫓기는 산새, 매와 독수리로부터 자신을 보호하기 위해 언제나 갑자기 날아가야 하는 나무 끝에 앉은 산새이며 동물 중 2차 포식자에 속하는 초식동물인 노루이다. 노루는 항상 가슴 조이며 이리나 개호주에게 쫓기며 골짜기에 혼자 가야 한다. 그러나 다음 연에서 홀로 있는 고독의 순간과 위기의 순간마다 신의 눈동자가 나를 지켜 서 있기 때문에 두렵지 않다

고 함으로써 신의 능력과 사랑을 무한히 확대시킨다. 무한
하게 확대된 시간과 공간 속에서 존재의 의미는 아주 작다.
전지전능하고 무한한 신 앞에서 존재는 아주 작은 새이며
상처 입은 노루와 사슴이다.

(2) 시적 주체와 동일시된 그리스도

박두진은 자아 인식에 있어서 그리스도와 동일시하는 의
식을 보인다. 시인과 시적 주체는 대부분의 시에서, '당신은
바로 나'와 같이 신과 자아의 동일성을 나타낸다. 마틴부버
의 『I and Thou』를 보면 "'나와 너'는 원초적 단어이며 만
남을 통해서 얻어지는 지식이다. 우리가 하나님께 이르면
우리는 '당신과 나'라고 말해야 한다. 왜냐하면 그 신적인
인격이 우리를 알기 때문이다."[33]라고 한다. '나와 당신'이
라는 명칭은 홀로 있을 때가 아니라 둘의 만남이 있을 경우
에 가능한 명칭이다. 하나님과의 인격적인 만남을 경험한
박두진은 신에 대해 당신이라고 명칭 지으며 당신에 나를
투사한다. 박두진은 '너'에 대해서 다음과 같이 언급한다.

> ㉮ 인간적, 윤리적, 人稱的인 '너'일 경우가 있다. 비유와 상징
> 으로 자연, 인간, 사상, 이념, 종교적인 신앙 대상일 수 있다.

---

33) 버나드 램, 『현대신학의 용어 해설』, 최기서 역, 보이스사, 1990, p.106.

ⓘ 인간적인 사랑의 대상으로서의 '너'가 가장 비근한 예라면, 구세주나 하느님, 종교적인 대상으로서의 至尊者를 가리킬 때가 가장 높은 예가 될 것이다.

ⓘ 안이한 타협이나 저항의 포기가 아니라 끝까지 모색하고 높이고 거르고 응결시키고 상징하고 하여 그 자체의 至高至純한 대상, 그러한 시적 체험의 최고의 초점으로서 '너'를 쓰게 되는 것이다.

ⓘ '너'를 찾고 찾으면 '너'를 파고들고 '너'를 부르고 부르면, 그것은 바로 다름 아닌 '나'가 되고 나 자신을 파고들고 응시하고, 그 내적 욕구를 응시해 보면, 그것이 바로 '너'라는 이름, 바로 '너'로서 나타난다.[34]

그리스도를 당신이라고 하는 것은 종교적 대상으로서의 구세주 지존자를 가리킨 ⓘ와 연결되며, 그리스도와 자신의 동일시는 ⓘ의 관점과 같다.

> 내 안에 당신이/당신 안에/내가 있어./내가 바로 당신,/당신이 바로 나인, 한 몸
>
> ─「聖內在」중에서

> 내가 당신 안에 숨 쉴 때/당신을 내가 알고,/당신이 내 안에 있을 때/내가 나를 보네./⋯⋯ 중략 ⋯⋯/당신은 바로 나/나는 바로/당신의 나이네.
>
> ─「귀뚜라미의 노래」중에서

나는 자신의 또 다른 자아인 그리스도이다. 또 다른 자아는 시적 주체가 그리스도의 고통을 몸소 체험하고자 하는 데에서 연유된다. 그 고통을 자신의 것으로 받아들이고 좀 더 그리스도의 고통에 가까이 가고자 하는 종교적 의식

---

34) 박두진, 『현대시의 이해와 체험』, 일조각, 1976, pp.167 - 171.

이다. '주 안에 내가 있다'라는 기독교적 관용구는 그리스도가 내 안에서 역사하기 때문에 그와 나는 하나라는 개념 안에서 가능한 것으로 내 안에 그리스도를 모시고 살아간다는 의미이다. 성경에 보면 "(하나님이)허물로 죽은 우리를 그리스도와 함께 살리셨고"[35]라고 그리스도의 부활이 곧 나의 부활임을 적고 있다. 그리스도의 죽음이 곧 나의 죽음이고 그리스도의 삶이 곧 나의 삶이라는 것은 그리스도인들의 신앙고백이다. 결국 그리스도와 자신을 동일시하는 인식은 시적 주체가 그리스도의 고통을 몸소 체험하고자 하는 의식에서 연유된 것으로서 그 고통을 자신의 것으로 받아들이고 좀 더 그리스도의 고통에 가까이 가고자 하는 종교적 표현이다.

**

박두진은 온갖 동요의 역사를 살아왔음에도 불구하고 항상 신을 향한 의지와 부동요성을 보여 주었다. 그는 하나님에 대한 신뢰를 잃지 않는 항심의 바위였다. 그는 광야에서 부르짖는 한 종교인이며, 하나님을 찬양하고 그리스도의 구속의 사건에 대해서 감사하고 또 그것을 찬양하는 기독교 시인이다.

---

35) 성경 에베소서 2장 5절.

박두진은 문학과 행동 외모에 있어서조차 기독인으로서의 모습을 보였는데 이는 박목월이 처음 박두진을 만난 첫인상에서도 드러난다. "사무실에 들어서자 얼굴이 바싹 마르고, 콧날과 아래턱이 날카로운 우리 연배의 신입 사원이 책상 앞에 앉아 있다가 고개를 돌리며 나를 건너다보는 것이다. (…… 중략 ……) '목월' 하고 손을 내미는 그의 눈매는 얼굴과는 사뭇 다르게 이상한 광채가 돌고 있었다. 신앙생활을 오래 한 사람만이 지니는 그 독특한 인자로운 빛36)"이라고 박두진의 외모에서 신앙생활을 오래 한 사람만이 지니는 독특한 인자로운 빛이 있다고 보았다.

그의 신앙은 토착화된 신앙적 면모를 보인다. 광야에서 외치는 요한의 소리처럼 그의 의식 지평을 광야를 향하여 넓혀 간 시인이었다. 신의 음성을 놓치지 않기 위하여 부단히 귀를 기울이고 긴장하여 깨어 있는 시인이었다. 그가 바라는 궁극적인 시의 목적은 그의 시와 그의 모든 것을 아낌없이 바쳐서 하나님을 기쁘시게 하는 일이다. 詩 자는 말씀 '言'과 절 '寺' 자로 이루어져 있다. '말씀의 사원' 이것은 시란 언어로 이루어진 경건한 사원이며 말씀(언어)을 성별한다는 뜻으로도 읽을 수 있다.37) '말씀의 사원' 이는 박두진 시에 대한 응축된 표현이다.

---

36) 박목월, 「문학자서전」, 『박목월 자선집』 4, 삼중당, 1973. pp.101~103.
37) 고진하, 앞의 책, p.25.

3. 박목월의 기독교 시
-순례자 인식과 높이 지향-

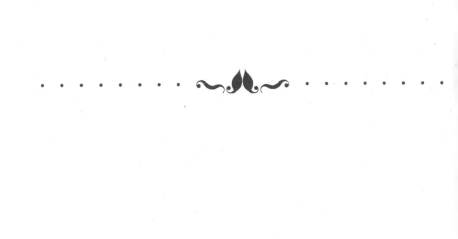

박목월은 1940년 「가을 어스름」, 「年輪」으로 문단에 등단한 이후로 1978년 타계하기 전까지 40년 동안 작품 활동을 하면서 430여 편의 작품을 썼으며, 시작 활동의 초기에는 자연의 탐구나 정서가 짙게 깔린 시작 활동을 하다가 중기 이후로는 신과 존재의 문제, 기독교 정신의 인간관의 탐구로 시정신의 변모를 겪었으며, 신앙 시인으로 생애를 마쳤다. 그는 타계하기 전 몇 년간엔 거의 기독교 시만 썼으며, 유족들은 그의 기독교 시만을 모은 시집 『크고 부드러운 손』을 내놓았다.

박목월은 청록파의 한 일원으로 그 이름이 먼저 나기 시작하였으며 박두진처럼 명백한 종교 색을 띠지 않았고 그의 기독교 시 또한 잘 알려져 있지 않았다. 박목월의 기독교 시는 통곡이나 감정적 파토스를 드러내지 않고 은총을 중요한 것으로 인식하였기 때문에 따뜻함을 느끼게 해 준다. 그는 기독교 시에 대해 다음과 같이 말한다.

지금까지 내가 대해 온 종교시라는 것이 敎理의 되풀이나, 찬송가적인 신앙고백에 불과한 것이었습니다. 우리가 지니는 信仰을 본질적인 면에서 구체적으로 밝힌다는 것은 가능한 일이 아닙니다. 다만 신의 눈동자 안에서 우리들의 존재를 인식하며, 우리들의 삶의 의의가 그분의 뜻으로 영원하기를 희구하는 일이라 믿습니다.
신앙시는 단순하게 시를 빚는 일이 아니다. 그것은 성실한 체험이 뒷받침해야 하며 신 앞에서 시인으로 시인적인 방법에

의한 신앙의 고백이라야 한다. 시를 쓰는 그 자체가 신앙생활
의 일부며 신앙인으로서의 작가는 신앙시를 씀으로 자신의 신
앙을 확인 심화시키는 일이다.[1]

박목월은 기독교 시는 결국 신 앞에서의 신앙고백이어야
한다고 한다. 시작 자체가 시인의 신앙생활의 일부여야 하
며, 작가는 기독교 시를 씀으로써 자신의 신앙을 확대해 나
가야 한다고 본다. 결국, 박목월은 생활과 신앙과 시는 하
나여야 한다고 보고 있는 것이다.

사르트르는 시를 쓰는 과정은 사물을 가지고 구체적으로
세계를 구성하는 작업이며 그 의식의 과정을 중심으로 세
계를 발견하는 것이다. 그런 점에서 시인이 시를 쓰는 중요
한 동기의 하나는 확실히 세계에 대해서 자신이 본질적이
라고 느끼고 싶은 욕망[2]이라고 본다. 박목월은 자연과 일
상생활의 세세한 경험과 성경에서의 깨달음과 개인의 기도
를 시의 주 소재로 삼았다.

박목월의 기독교 시가 갖는 의의는 너무 과하지도 너무
냉랭하지도 않는 한국적 정서의 기독교 시를 시도하였다는
데 있다. 그는 믿음이나 종교적인 문제에 대해 어떤 초월적
인 확신이 아니라 참된 믿음에 이르는 길과 그 방법에 대
해서 자신의 경험을 시로 나타내고자 한다. 그리고 자연에

---

1) 박목월, 『박목월 시선집 권 7』, 삼중당, 1974, pp.89~90.
2) 장 폴 사르트르, 『문학이란 무엇인가』, 김붕구 역, 문예출판사, 1972, pp.52~61.

대한 새로운 상징을 창조하였으며, 성경의 과거적 사건을
신앙적으로 재해석하여 의미화하였다.

1) 모성적 신성성

(1) 모성적 신관과 신화된 모성

박목월은 자비와 은총의 모성적 신성을 드러낸다. 시적
주체는 아버지나 남편 같은 남성적 존재이기보다는 시인이
나 자식 같은 중성적 존재이기 때문에 박목월은 신과의 관
계를 기독교적 전통의 부자관계가 아니라 모자관계로 대치
한다.

> 주여/이런 시간 속에서도/당신은 함께 계시고/그 자애로우심
> 과 미소 지으심으로/우리를 충만하게 해 주시는
> —「평온한 날의 기도」 중에서

> 후끈한 사랑으로 가슴을 덥게 하고/촉촉히 비를 뿌리시는/아
> 아 그분의 어지신 경영/너그러우신 베푸심
> —「밭머리에 서서」 중에서

위 시에서 신은 '미소 지으심', '항상 함께 있는 후끈한

사랑', '촉촉한 비', '자애로우심', '어지신', '너그러운' 등과 같은 여성적 형용사로 드러난다. 신의 모성성이라는 특이성은 시적 주체의 내면 의식에 끼친 어머니에 대한 인식을 고찰해 봄으로써 해석할 수 있다.

그의 기독교 시 중 적지 않은 수가 자식을 위해 모든 것을 내어 희생하고 평생의 소원이 자식이 잘되기를 바라며 정성과 지성을 드리는 어머니를 소재로 하고 있으며 이 같은 어머니에 대한 그리움을 기독교 시의 바탕으로 심화시킨다. 이에 대해 김형필은 "어머니는 개인적인 안정의 고향이며, 어미의 사랑과 기도 생활 그것은 신앙 시집 『크고 부드러운 손』을 탄생시킨 것"[3]이라고 본다. 박목월은 산문에서 "세상은 우리가 생각하는 만큼 살벌한 것도 메마른 것도 아닙니다. 충만한 것은 어머니의 사랑이며, 아무리 허술하고 어줍잖은 것일지라도 어머니의 훈훈한 사랑의 터전에 뿌리박고 있습니다. 다만 어머니의 사랑을 깨닫지 못한 자는 차고 넘치는 훈훈한 사랑을 느끼지 못하고 항상 살벌한 세상에서 살게 될 것입니다."[4]고 세상은 어머니의 사랑이 있기에 훈훈한 공간이며, 어머니의 사랑을 세상을 이길 힘으로 제시하여 신성화된 어머니 이미지를 드러낸다.

박목월은 어머니를 소재로 제6시집 『어머니』를 간행하였

---

3) 김형필, 『박목월 시연구』, 이우출판사, 1988, p.89.
4) 박목월, 『어머니』, 삼중당, 1984, p.206.

으며, 어머니와 신앙에 대해 「어머니의 기도」라는 제목으로 여덟 편을, 「어머니의 언더라인」, 「어머니의 성경」 등 10여 편의 시를 썼다. 이 시들에서 어머니는 기도하는 어머니, 성경을 보는 어머니, 자식의 신앙을 성숙시켜 준 어머니로 형상화되며 어머니는 '하늘과 같은 대상'[5]으로 나타난다.

> 어린것의 손을 잡고/앞으로. 보다 높은 세계로/肯目的으로 달리는/…… 중략 ……/보다 높은 삶의 세계로 줄달음치는.
> 　　　　　　　　　　　　　　　　　　　－「母性」 중에서

> 당신의 신앙이/지팡이가 되어 더듬거리며/따라가는 길에/내 안에 울리는/어머니의 기도 소리
> 　　　　　　　　　　　　　　　－「어머니의 언더라인」 중에서

위 시에서 어머니는 앞으로 나아가게 하는 원동력이 되며, 이끌어 주는 주체가 된다. 신이 인간의 정신을 영적으로 성숙한 삶의 세계로 이끌어 주듯 어머니도 자식의 손을 잡고 앞으로 달려간다. 시적 주체는 성경책을 읽으며 어머니의 신앙을 환기시키고 이를 통해 신앙의 승화를 이루려 한다. 어머니의 유물인 성경책을 매개로 지고하신 분을 깨달으며, 어머니의 신앙은 시적 주체가 나아가는 신앙의 길을 인도하는 지팡이와 힘이 된다. 결국 박목월 시에서 어머

---

5) 황금찬, 「박목월의 신앙과 시」, 『심상』, 1980, pp.30~32.

니는 신성으로 드러나는데 한광구는 이에 대해 "박목월이 어머니를 신과 같은 존재로 동일 선상에서 의식한다."[6]고 보았다.

(2) 손과 눈동자의 이미지

① '손'의 이미지

박목월의 시에서 그리스도에 관한 시적 형상화는 주로 손 이미지로 나타난다. 성경에서 손은 하나님의 능력을 나타내며 강한 남성적 손이다.[7] 박목월 시의 손은 남성적 특성과 여성적 특성을 공유한다. 구속하는 손과 크고 따뜻한 손, 열 오른 이마를 짚어 주는 손, 바다와 같이 크고 부드러운 손은 양성의 이미지를 공유한다. 큰 손과 구속하는 손은 힘 있는 능력의 손으로 인자한 아버지의 손이며, 부드러운 손과 따뜻한 손은 어머니의 손이다. 성경적인 남성적 손과 박목월의 개인적이며 체험적인 모성적 신 이미지가 교

6) 한광구, 『목월시의 시간과 공간』, 시와 시학사, 1991, p.252.

7) '구원의 손'은 시편 31편 5절의 "내 시대가 주의 손에 있사오니 내 원수와 핍박하는 자의 손에서 나를 건지소서."에, '능력의 손'은 이사야 48장 13절의 "과연 내 손이 땅의 기초를 정하였고 내 오른손이 하늘에 폈나니 내가 부르면 천지가 일제히 서느니라."에, '주관자로서의 손'은 예레미야 18장 6절의 "이스라엘 족속아 진흙이 토기장이의 손에 있음같이 너희가 내 손에 있느니라."에, '선한 손'은 에스라 8장 18절 "우리 하나님의 선한 손이 도우심을 입고"에 나타난다.

차되어 나타난다.

> ㉮ 나의/머리 위에 얹혀지는/손이/나를 태운다./…… 중략
> ……/못 박힌 자국이/모든 것을 증거해 주는/불의 손이 나를
> 태운다./…… 중략 ……/손이 충만케 한다./…… 중략 ……/
> 못 박힌 자국이/나를 구속한다.
>
> —「노래」 중에서

> ㉯ 세상에는/감람나무보다/더 많은 어린이들이/자라고 있지만
> /그들의 뒤통수에/머물러 있는/주의/크고 따뜻한 손
>
> —「감람나무」 중에서

> ㉰ 주여/열이 오른 이마를/짚어 주시는 당신의 손길./앓아누운
> 자리에서도/함께하시는 당신의 은총
>
> —「이러한 믿음」 중에서

㉮의 손은 십자가에 못 박힌 그리스도의 손으로 구속의
손이며 '태운다', '충만케 한다'라는 종교적 상징을 사용하
여 성령의 불로 죄가 태움을 받고 성령 충만한 사람으로
변화되었음을 고백한다. 또한 종교적 승화의 과정을 '태운
다→충만하게 한다→깨끗하게 한다→구속한다'로 심화되는
과정을 나타낸다. 손은 십자가에 못 박힘으로 말미암아 모
든 인간이 구원받았다는 의미를 내포한다. ㉮ 시가 권능과
구원과 능력의 남성적 속성을 드러낸다면 ㉯, ㉰ 시는 부
드러운 손의 이미지를 통해 모성적 특성을 드러낸다. ㉯,
㉰ 시에 묘사된 손은 신체와 접촉하고 있는 손으로, 머리

위에, 아이들의 뒤통수에, 열이 오른 이마에 얹혀 있는 손, 나의 전부로 느끼고 있는 바다와 같은 손(「크고 부드러운 손」)이다. 이와 같이 신체 부위를 지칭하는 손의 접촉적 묘사는 독자에게 촉각이라는 간접적 체험을 줌으로써 직접 그 느낌이 전달되는 효과를 준다. 박목월은 신의 손길을 체험적 신앙으로 받아들였으며 이를 감각적으로 형상화시킨다. 앞 시는 마가복음 10장 16의 "어린아이들을 안고 저희 위에 안수하시고 축복하시니라."를 배경으로 하고 있으며, 아이들을 어머니와 같이 보살피는 그리스도에 대한 형상화이다. 뒤 시는 열이 오를 때 머리맡에서 아이의 이마를 짚어 보는 어머니와 같은 신성인식을 보여 준다. 종교적 의미의 손은 기도하는 손이요, 안수하는 손으로 치유의 의미[8]를 가진다. 종교인들은 아플 때 신의 손길을 느끼며, 회복된 후에는 그 손길에 감사하는 과정을 거친다. 박목월은 시집 「어머니의 손」에서 '열이 오른 이마를 짚어 주시는 그 부드러운 손'이라고 위 시와 유사한 표현으로 어머니의 손길을 인식한다. 신의 손과 어머니의 손인 크고 부드러운 손은 자유와 영원에로 목월을 인도해 주는 구원의 손길[9]이다.

---

8) 마태복음 8장 3절: 예수께서 손을 내밀어 저에게 대시며 가라사대 내가 원하노니 깨끗함을 받으라 하신대 즉시 그의 문둥병이 깨끗하여 진지라. 누가복음 4장 40절: 해질 적에 각색 병으로 앓는 자 있는 사람들이 다 병인을 데리고 나아오매 예수께서 일일이 그 위에 손을 얹으사 고치시니

9) 김재홍, 「인간에의 길 예술에의 길」, 『한국문학』, 1986. 10, p.396.

② 눈 이미지

박목월은 산문에서 "우리가 지니는 信仰을 본질적인 면에서 구체적으로 밝힌다는 것은 가능한 일이 아닙니다. 다만 신의 눈동자 안에서 우리들의 존재를 인식하며, 우리들의 삶의 의의가 그분의 뜻으로 영원하기를 희구하는 일이라 믿습니다."[10]라고 신의 눈동자 안에서 존재를 인식하며 삶의 의의를 찾는다고 인식한다. 보편적 상징에서 눈은 상승적 이미지의 신체 언어로서 이지적인 인식의 도구이며, 아버지의 눈과 태양 빛의 광채를 동일시하며, 눈은 깨달음과 신의 깨우침의 상징이다. 신의 눈의 상징은 깨달음, 핵심, 빛, 태양, 근원 등의 의미와 마찬가지로 다양한 의미[11]를 가진다. 성경에서 하나님의 눈동자는 신명기 32장 10절의 "여호와께서 그(야곱)를 …… 중략 …… 자기 눈동자같이 지키셨도다."와 시편 17편 8절의 "나를 눈동자같이 지키시고 주의 날개 그늘 아래 감추사"에 보는 것같이 지킴의 의미를 지닌다.

> ㉮ 주여 굽어 살피소서/당신의 눈동자 안에서/오늘의 나의 하루를/외곽으로만 헤매고
>
> -「거리에서」 중에서

---

10) 박목월, 『박목월 시선집 권 7』, 삼중당, 1974, pp.89~90.
11) 아지자 외, 앞의 책, pp.258~261.

㉯ 당신의 눈동자가/당신의 구원의 손이/흰 이마가/지금 우리를 지켜본다.

　　　　　　　　　　　　　　　　－「오늘밤 지구를 에워싸고」 중에서

㉰ 태어나기 전의/이 혼돈과 어둠의 세계에서/새로운 탄생의 빛을 보게 하시고/진실로 혼매한 심령에/눈동자를 베풀어 주십시오.

　　　　　　　　　　　　　　　　－「부활절 아침의 기도」 중에서

㉱ 나의 안에서/새로운 눈동자가 마련되고/날개가 돋아나/열린 세계 안에서/거듭나기를 갈망한다.

　　　　　　　　　　　　　　　　－「자리를 들고」 중에서

시 ㉮와 ㉯의 눈동자는 보살피는 신의 눈동자이며 시 ㉰와 ㉱의 눈동자는 시적 주체 안에 뜨이기를 바라는 새로운 영안을 의미한다. '굽어살피다', '지켜본다'와 같은 시선이 아래로 향하고 있음을 나타내는 동사로 드러나듯 신의 시선은 위에서 아래를 향한다. 반면 시적 주체 안에서 깨이기를 바라는 새로운 눈동자의 시선은 위를 향한다. 혼돈과 어둠을 걷어 내고 밝아 오는 새로운 빛은 떠오르는 새벽이라는 물리적 시간을 나타내며, 솟아오르는 태양을 따라 시선을 위로 향하게 한다. 이와 같은 하강적 시선과 상승적 시선은 인간과 신의 대비를 나타내며 신은 은총을 내리고 인간은 기도와 믿음을 신에게로 올린다.

손과 눈[12]의 신체 상징은 '신체는 정신의 표현으로 세계 혹은 세계 내 대상들을 의미화[13]하기 때문에 손과 눈의 이미지를 통하여 하나님의 눈과 그리스도의 손'이라는 은총과 구원에 대한 신앙적 관심을 드러낸다.

(3) 하늘과 바다의 이미지

박목월은 "당신의 나라로 가게 하여 주십시오."(「거리에서」), "당신의 나라로 향하게 하여 주십시오."(「평온한 날의 기도」)에서 천국을 당신의 나라로 인식한다. 하늘나라라는 말은 박목월 시가 보이는 언어적 특징으로 하늘을 나라로 인식함으로써 빈 공간이 아니라 천국이라는 의미이다.

> 희고도 눈부신/천 한 자락을 하늘나라에서/내게로 드리워 주셨다.
>   - 「희고 눈부신 천 한자락이」 중에서

> 당신이 대속해 주심으로/하늘나라의 문은 열리고
>   - 「작은 베들레헴에 불이 켜진다」 중에서

박목월은 "빛나는 모성의 하늘/이마 위에 빛나는/하늘이 베푸는 스스로의 총명"(『어머니』의 「母性」)과 "나이든 줄

---

12) "진흙을 이겨 눈에 바르게 하라."(「믿음의 흙」), "아름다운 것을/아름답게 볼 수 있는/지금의 나의 눈을/축복하여 주옵소서."(「아침의 수세미꽃」), "새로운 하늘의 광명을 볼 수 있는/눈이 열리고"(「이만한 믿음」) 등

13) 조광제, 『현상학적 신체론』, 서울대 철학박사학위논문, 1993, p.93.

도 모르는/다만 그의 손을 잡고/달리는 달리는/그 인생의 보람/그 빛나는 모성의 하늘"(『크고 부드러운 손』의 「母性」) 두 시에서 하늘을 '모성'으로 인식하여 하늘과 모성을 동일시한다. 하늘은 어머니와 같은 충만한 안정감과 평화와 휴식을 주는 미래적인 위안처로서의 공간이다. 전통적 의미에서 하늘은 아버지이다. 그러나 박목월은 하늘을 모성적 공간, 즉 여성 공간으로 인식한다.

모성적 신성이 하늘에서는 안식을 상징하는 공간으로 나타났다면, 바다에서는 부드럽고 인자한 신의 모습으로 나타난다. 바다가 가지고 있는 모성적 특성을 오세영은 "바다의 원형적 성격은 존재의 시원이며 생명의 발원지로서 근원적인 향수를 불러일으키는 무의식의 세계를 암시한다."[14]라고 존재의 시원(모성)으로 본다. 박목월 시의 바다는 아늑한 바다, 따뜻함과 안식을 주는 어머니와 같다.

> ㉮ 千 명의/합동 기도 속에/부글부글 끓어오르는/말씀의 바다를/나는 보았다.
> — 「말씀을 전함으로 기독교인이 되자」중에서

> ㉯ 크고 부드러운 손이/내게로 뻗혀 온다./…… 중략 ……/다섯 손가락을/활짝 펴고/그득한 바다가/내게로 밀려온다.
> — 「크고 부드러운 손」중에서

---

14) 오세영, 『현대시와 실천 비평』, 1983, 이우출판사, p.68.

㉐ 나사렛 예수여/못 박힌 자국이/모든 것을 증거해 주는/바다의 손이/나를 깨끗하게 한다.

- 「노래」 중에서

㉑ 당신의/말씀만으로/육신의 병을 물리치게/하옵시고/죽은 자 가운데서/일어나게 하옵소서./갈릴리 바닷가에 나부끼는/무화과나무 잎새 같은/신선한 삶을/누리게 하옵시고

- 「이만한 믿음」 중에서

㉒ 각박한 생활의 틈바구니에서/소금기 저린/신선한 바람을 생각하는 것만으로/마음이 후련했다/…… 중략 ……/누구나 참되게 사는 자는/다 마음속에 바다를 모시고/산다.

- 「無題」」 중에서

㉗, ㉘, ㉐의 바다는 비유적 바다이며, ㉑, ㉒의 바다는 알레고리적 바다이다. ㉗의 말씀의 바다는 말씀이 바다처럼 흘러넘쳐 모두에게 영향력을 끼치고 있으며 말씀은 곧 신의 능력이기 때문에[15] 바다는 현실의 삶에서 초월적 삶으로 승화할 수 있는 정신 공간이다. ㉘의 크고 부드러운 손과 그득한 바다는 자비와 인자의 바다로서 신의 손길을 의미하며 어머니의 크고 부드러운 손과 같다. ㉐의 바다의 손은 십자가에서 못 박힌 그리스도의 구속의 손이다. '그득한 바다가 밀려온다.'(시 ㉘)와 '바다의 손이 나를 깨끗하게 한다.'(시 ㉐)의 바다는 신의 능력이며, 시적 주체를 부정한 상태에서 깨끗한 상태로의 이행을 도와주는 매개이다. ㉑와

---

15) 요한복음 1장 1절 "태초에 말씀이 계시니라."

㉯의 표면적 바다는 이스라엘의 소금기 저린 바닷바람으로 표상된 일반적 바다이지만 죽음에서 삶으로 이행된 신선한 삶을 표상하는 알레고리적 바다로 변화되어 시적 주체를 정화시키는 능력의 바다, '크고 부드러운 손'에서 보이는 바다와 같이 충만하고 부드러운 신의 속성을 예표한다.

2) 알레고리적 사물 인식

(1) 수직성과 수평성의 의미영역

① 수직적 승화의지

상승(Ascension)은 날아오름에 대한 향수이며, 상승에의 꿈은 물질적 세계의 인간을 사슬에서 벗어나게[16] 한다. 박목월은 밧줄, 나무, 지팡이와 같은 수직적 사물과 '오르다'와 같은 수직적 동사와 소망이나 믿음과 같은 단어를 통해 수직으로 상승하고자 하는 신을 향한 의지를 보여 준다.

> 안다는 것의/그 새까만 장님의 세계에서/…… 중략 ……/오늘의 광명/…… 중략 ……/믿음의 주춧돌에/돋아나는 우슬초
> — 「우슬초」 중에서

---

16) 아지자 외, 앞의 책, p.159.

마음속에 소망이 싹트게 하여 주십시오./…… 중략 ……/내일
에의 전진을 위하여 발돋움하는
　　　　　　　　　　　　　　　　　　　－「거룩한 밤에」 중에서

　'올리다, 돋아나다, 피워 올리다, 싹트다, 발돋움, 승천하
다'와 같은 '올라감'의 의미를 지닌 동작동사와 믿음, 소망
과 같은 수직적 상상력의 시 어군은 인간 혹은 인간의 의
지를 지상적 공간에서 천상적 공간으로 이동시켜 준다. 피
어오르는 풀(「우슬초」)은 장님을 광명의 세계로 이행시켜
주며, 종교적 영역에 속하는 믿음과 소망은 천상을 향한 인
간의 종교적 의지를 표상하며 어두움과 지상의 세계인 물
리적 세계를 벗어나 종교적 공간을 지향한다. 결국 승화 의
지는 초월적인 세계와 정신적 승화를 지향한다.
　불은 수직적인데 이는 성경에서 불의 형태로 나타나는
신의 모습[17]에서 찾아볼 수 있다. 해와 별은 사물로 약호
화된 시적 주체 개인의 성화 혹은 승화 의식의 문자적 표
현이다. 빛은 지상의 삶과 구별되는 의미로 형상화된다.
"어둠에서 밝아 오는/빛의 대문을 열어젖혀/…… 중략 ……/
빛같이 신선하고/빛과 같이 밝은 마음으로"(「아침마다 눈을」)
에서 빛은 '신선'하고 '황홀'하고, 하루를 처음 열어 주는
역할을 하며, 창조 시에 가장 먼저 창조된 것도 빛(「일어나

---

17) 출애굽기 3장 2절: 여호와의 사자가 떨기나무 불꽃 가운데 서서 그에게 나타나
　　시니라.

라」)이었다. 빛을 지향하는 의식은 "슬기로운 자는/빛에서 태어나서/빛으로 돌아간다."(「빛을 노래함」)에서 슬기로움의 시작과 끝이 빛임을 성경의 '흙에서 태어나 흙으로 돌아간다는' 구절을 패로디함으로써 재해석한다. 김형필은 박목월의 후기 시에 나타난 빛을 '수직적으로 상응하는 영혼의 빛'[18]으로 본다.

> 사람은/빛으로 산다./눈을 밝게 하는 햇빛이나/마음의 눈을 뜨게 하는/내면의 빛으로 산다.
>
> – 「빛을 노래함」 중에서

위 시에서 햇빛은 사람의 눈을 밝게 하고 고단한 노동과 삶을 환하게 비추어 주지만, 내면의 눈을 뜨게 하는 내면의 빛은 영적 장님의 세계에서 영적 눈뜸의 세계로 이행을 도와준다. 햇빛은 시적 주체의 상승적 의식을 드러낸다. 빛은 지상적 삶에서 초월적 하늘의 세계로의 이행을, 정신적 빛은 장님의 어두운 세계에서 눈뜸의 밝은 세계로 상승하고자 하는 상승 의식의 한 표현이다.

박목월의 시에서 불은 주로 촛불로 나타난다.

---

18) 김형필, 「목월시 연구」, 『빛의 상징체계』 이우출판사, p.115.

믿음과 눈보라 속에서도/꺼질 줄 모르는/믿음의 불길을 활활
피워 올려/생명의 촛대마다/불을 밝히고
-「가을의 기도」 중에서

믿음으로써만/화목할 수 있는 지상에서/오늘밤 켜지는 촛불
-「성탄절의 촛불」 중에서

성경에서 등불의 알레고리는 마태복음 25장의 '슬기로운
처녀의 비유'에서 볼 수 있다. 등불을 준비한 사람이 천국
에 간다는 것에서 등불의 수직적 상상력을 알 수 있다. 촛
불은 신과 만나기 위한 염원의 상징이며, 온갖 역경과 고난
가운데서도 꺼지지 않는 믿음을 상징한다. 믿음은 활활 타
오르는 불로 비유되며 지상에서의 삶을 천상적 삶으로 이
어 준다. 그렇기 때문에 거듭남의 의미를 지닌 세례의 불과
같은 의미가 된다. 또한 "불꽃을 불꽃으로 볼 수 있는 눈"
(「개안」), "믿음의 주춧돌에/돋아나는 우슬초"(「우슬초」),
"마음속에 소망이 싹트게 하여 주십시오."(「거룩한 밤에」)
와 같은 식물 이미지로 표현된다.

오롯한 누리에 하얀 대낮에/피어오르는 환한 촛불 암꽃술/저
으기 꽃잎 하나 이우는데 비로소 마음 한모 기도로 풀리는데
-「雅歌」 중에서

위 시에서는 복숭아꽃을 촛불로 비유한다. 다른 시 "지
구를 에워싸고/켜지는/촛불의 숲"(「오늘밤 지구를 에워싸고」)

도 불은 식물성이다. 식물이 위로 자라나는 상승적 속성을 지니고 있는 것처럼 믿음을 상징하는 불도 초월적 공간으로의 수직적 초월의식을 보인다.

신화에서 고대인들은 나무나 산, 동아줄, 사다리 같은 것에 의해 하늘에 닿을 수 있었다. 전래 동화인 '나무꾼과 선녀', '해와 달 오누이'는 하늘로부터 두레박이나 동아줄이 내려와서 이를 타고 하늘에 이르게 되는데, 줄을 매개로 지상에서 천상의 세계에 도달할 수 있다는 의식을 반영한다.

> ㉮ 오로지/순간마다/당신을 확인하는 생활이 되게/믿음의 밧줄로/구속하여 주십시오./그리하여/나의 걸음이/사람을 향한 것만이 아니고/당신에게로 나아가는 길이 되게 하시고
> ─「거리에서」 중에서

> ㉯ 든든한 밧줄로 서로 맺어져/우리는 서로 돕게 된다./다만 에고의 色틀者만이/나와 남 사이에 얽혀진/그 든든하고 따뜻하고/신비스러운 밧줄을/깨닫지 못한다.
> ─「이 후끈한 세상에」 중에서

밧줄은 ㉮와 ㉯에서는 '묶는다'는 의미로 쓰이고 있으며 내면적으로는 '올린다'라는 상징성을 나타낸다. 즉, 묶어서 영적인 세계로의 이행을 도와주는 매개이다. ㉮는 믿음이 밧줄이라는 기호로 사물화되어 '구속'의 의미를 지니며 믿음의 밧줄로 구속함을 받은 인간은 당신의 나라를 향하여 상승한다. ㉯에서 믿음으로 하나가 된 인간들은 든든한 밧

줄로 맺어진다. 밧줄은 믿음의 형상화로서 사람과 사람을 이어 주는 믿음과 정, 신뢰 등이며 시적 주체를 구원으로 승화시킨다. 시 「無題」에서도 "줄이 한 가닥/막막한 太虛의 혼돈 속에서/처음으로 불러 보는/당신의 이름/神이어/神이어/神이어" 줄을 매개로 신을 향해 상승한다. 결국 박목월은 밧줄을 묶음과 구원에까지 이르는 상승적인 의미를 부여한다.

지팡이는 지치지 않도록 힘을 실어 주고 장님에게 있어서는 길을 인도하는 역할을 한다. 삶의 중심의 표상이며 혼돈스런 세계에 중심을 만드는 신비스런 능력을 가지고 있으며, 세계의 축이라는 의미에서는 나무와 비슷한 상징으로 사용되고, 방향을 잃고 헤매는 삶에 중심을 마련한다는 의미[19]로 나타난다. 박목월 시의 지팡이는 종교적 삶의 중심인 믿음과 기도를 상징한다.

> ㉮ 동양의 깊은 달밤에/더듬거리며 읽는/어머니의 붉은 언더라인/당신의 신앙이/지팡이가 되어 더듬거리며/따라가는 길에/내 안에 울리는/어머니의 기도소리
>
> — 「어머니의 언더라인」 중에서
>
> ㉯ 주여/주여/주여/하루에 세 번/당신의 이름을 부르는/그것으로/지팡이를 삼고/오늘을 사는/어리석고 충만한 자의/이마에/저녁햇살
>
> — 「평신도의 장미」 중에서

---

19) 이승훈, 앞의 책, pp.441~442.

위 시의 지팡이는 믿음과 기도로서 앞으로 이끌어 준다. ㉮의 지팡이는 어머니의 신앙과 기도이며 시적 주체를 앞으로 이끌어 준다. ㉯의 지팡이는 기도의 형상화이며, 기도는 신과 인간을 이어 주기 때문에 기도에 의지하여 살아가는 인간임을 고백하고 있는 것이다.

② 수평적 승화 의지

김재홍은 "박목월의 시는 그리스도 안에서 진리의 길, 은총의 길, 구원의 길, 영원의 길을 발견하는 데서 끝맺음으로 그의 생애와 시는 신성 지향을 드러낸다."[20]고 보았다. 길은 인간으로부터 신에게로, 삶으로부터 이상으로 승화하고자 하는 수평적 초월의지의 시작이 된다.

> 오로지/순간마다/당신을 확인하는 생활이 되게/믿음의 밧줄로/구속하여 주십시오./그리하여/나의 걸음이/사람을 향한 것만이 아니고/당신에게 나아가는 길이 되게 하시고
>
> ─「거리에서」중에서

> 손마디마다 굳은살이 박이고/발바닥에는 티눈/짓이겨 가며 사는 생활의 길에서/풀빛이 싱싱한 초원으로/나의 기도는 나부끼고/자줏빛 산줄기에/잔잔한 소망이 타오르는/그 어느 호젓한 오솔길로
>
> ─「羊을 몰고」중에서

위 시에서 '길 이미지'는 사람을 향한 길과 당신께로 나

---

20) 김재홍, 『한국 현대 시인 연구』, 일지사, 1994. pp.385~389.

아가는 길, 악착같고 짓이기며 사는 생활의 길과, 소망이 있는 호젓한 오솔길 사이에 현실과 이상이라는 실존적 거리감을 보여 주며 시적 주체의 초월적이며 초속적 세계에의 지향은 소망이 타오르는 공간을 꿈꾼다. 생활의 길에 대한 부정적 인식은 많은 시에 편재하며 사람과 생활과 삶에 대한 구속과 속박의 삶에서 호젓한 오솔길로의 초월 의지를 보인다.

길에 대한 인식은 수평적 승화 의식을 보여 준다. 초속, 혹은 승화의 의식을 지향하는 시적 주체는 길 위에 서 있으며 도달해야 하는 목적지를 향해 가는 과정에 있다. 박목월의 본향을 향하여 돌아가는 혹은 떠나는 의식을 구상은 "소박한 自然歸一의 體管을 기독교적 하나님에 대한 歸一로 승화시켰다."[21]고 본다. 즉 길은 이 세속의 삶에서 저 초월적 세계로의 연결 통로의 역할을 하며 성경에서는 이 길이 바로 그리스도 자신임을 시사하고 있다.

박목월 시에서 다리는 성과 속의 공간을 구분 짓는 경계이며 시적 주체의 의식은 이 경계를 지나, 참된 종교적 인간의 길을 찾아 나선다. 현실 대 이상, 인간과 신의 대립 사이에 다리와 같은 경계의 지점이 위치한다. 시적 주체는 이 경계에 서 있지만 머뭇거리지 않고 곧바로 건너간다.

---

21) 구상, 「우리가 이럴 사이가 아닌데」, 『심상』, 1978. 5. p.27.

나의 걸음이/사람을 향한 것만이 아니고/당신에게로 나아가는 길이 되게 하시고/한강교를 건너가듯/당신의 나라로 가게 하여 주십시오.

－「거리에서」 중에서

사람과 대칭되는 지점에 '당신'이 위치하며 사람과 당신을 이어 주는 것은 다리이다. 다리를 뜻하는 로마어는 분리된 두 세계를 잇는다는 의미를 지니며 지각할 수 있는 것과 지각을 초월하는 세계의 연결 상황을 나타내는 것[22]이다. 성경적 인식에서 하나님과 인간 사이에 다리가 되는 것이 그리스도이다. 시적 주체는 지상적 삶과 돈을 벌기 위한 삶에 대한 갈등을 시로 형상화하며, 지상적 삶을 초월하려는 의지를 보여 준다. 신앙생활의 목표인 '구원을 향한 전진'을 일상적 삶의 공간인 '다리를 건넌다.'는 것으로 비유한 그의 현실성과 독창성은 놀라운 데가 있다. 그는 일상적 삶 속에서의 신앙적 깨달음을 존중하였으며, 독자로 하여금 기독교적 삶의 깨달음은 삶의 주변 어디에서든지 발견할 수 있다는 사실을 알게 한다.

승화에는 물질적 승화와 정신적 승화[23]가 있는데 박목월의 시에서 정신적 승화는 시적 주체가 일상성에서 초월성으로의 이동을 소망하는 것으로 형상화되며, 이 이동은 수

---

22) 이승훈, 앞의 책, p.108.
23) 이승훈, 위의 책, p.33.

평적 초월의식을 드러낸다. 존 듀이는 "인간의 마음은 끊임 없이 외계의 사물과 교섭하려 하기 때문에 인간의 마음이 란 제일차적으로 動詞(verb)이며 자아는 이렇게 세계와 접 촉함으로써 그 모습을 드러내는 구체적 자아가 된다."[24]고 한다. 일상적 공간에서 초월적 공간으로의 이동을 나타내는 '걸어간다, 눈을 뜬다, 오른쪽을 본다.'와 같은 동사는 정신 으로는 직립의 수직성을 나타내며, 행동에서는 수평적 움직 임을 보인다.

> 교수로서/시인으로서/미지근하게 더운/자리를 걷어들고/세속 적인/권위와 명성과/타산으로 얽힌 자리를 걷어들고/걸어갈 수 있는/신자가 되기를 열망한다.
> 　　　　　　　　　　　　　　　　　　 －「자리를 들고」중에서

> 거듭/믿음이 약한 자여/오로지 주를 향한 생명의 길을/앞만 보고 걸어가자./걸어갈 수 있는 믿음을 가지자.
> 　　　　　　　　　　　　　　　　　　 －「돌아보지 말자」중에서

　그리스도인이라는 것, 그리스도인이 된다는 것은 무엇을 의미하는가라는 물음에 위 시에서는 시적 주체는 일어나 걸어가는 것이라고 한다. 누운 자리는 세속적 권위와 명성 과 타산으로 얽힌 자리이다. 일어서서 간다는 것은 미지근 한 자리에서 뜨거운 신앙의 자리를 향한 수평적 지시어이

---

24) 김준오, 『시론』, 문장사, 1982, p.19.

며 일어선다는 것은 앉거나 누워 있는 것보다는 상방적인 지시어로서, 육체의 일어섬뿐 아니라 정신적 기립과 벗어남을 의미한다.

성경에서 소돔과 고모라의 성을 벗어나 소알성으로 피하던 롯의 아내는 돌아보지 말라는 명령을 어기고 두고 온 재물과 정에 미련을 버리지 못하여 뒤를 돌아보았기 때문에 소금 기둥이 되었다. 소돔과 고모라는 '돌아보지 말아야 할 것', '버려야 할 것'을 상징하는 종교적인 알레고리이다. 종교인이 되면 이전의 삶의 방식을 버리고 세속적인 것들의 유혹을 버려야 한다는 계율을 새로이 받게 된다. 세상의 유혹에 흔들리지 않고 하늘나라를 향하여 앞만 보고 가야 한다는 것이다.

> ㉮ 궁핍하고 어려울 때마다/오른편을 살펴본다./주께서 일러주신/말씀의 방향을
>
> ㅡ「오른편」 중에서

> ㉯ 그것을 이겨/눈에 바르고/보냄을 받은/실로암의 연못에서/씻음으로 장님은/눈을 뜬다./심령의/눈먼 자여/영혼의 장님이여/…… 중략 ……/오만과 아집 속에서/진흙을 이겨/눈에 바르게 하라.
>
> ㅡ「믿음의 흙」 중에서

㉮에서 오른편은 말씀과 위로와 축복의 공간이며 왼편은 궁핍과 어려움 지상적 삶의 공간이다. 궁핍과 어려움이라는

물질적인 고통과 정신적인 고통 가운데 인간은 기도를 통하여 신을 찾게 된다. 박목월은 재물과 쇠 부스러기, 지폐를 위하여 사는 삶을 구차하게 생각하고 있었다. 이는 지상의 삶에 대한 회의적 인식에서 비롯된다. 그는 "구질구질한 用務로 분주한 午後의 오늘의 約束"(「牧丹 앞에서」)이라고 '용무'에 대해 '구질구질하다'고 표현한다. 박목월은 시를 쓰는 시인으로서의 초월적 삶을 지향하였다. 그러나 현실은 그를 돈을 벌기 위하여 분주하게 움직이게 하였다. 시를 쓰는 것 역시 경제활동이라는 이율배반적인 삶의 고통은 그로 하여금 일상성의 반대쪽의 호젓한, 홀로인, 믿음의 자리를 찾게 한다. 위 시는 지상의 왼편에서 천상의 오른편 공간으로 나아가고자 한다. 성경의 '오른편에 그물을 던져라.'[25]와 '오른편의 양과 왼편의 염소의 분류'[26]로 보면 오른편은 聖, 왼편은 俗의 공간이다.

뒤돌아보지 않고 눈을 떠 오른편을 바라본 시적 주체는 내부에 돋아나는 '믿음의 싹'(「우슬초」)을 본다. ㉯에서 시적 주체는 눈을 뜨자고 한다. 앉거나 누워 있는 정적인 사태가 장님의 상태이며 오만과 아집이라는 변화되기 전의 상태이다. 이것에서 벗어나 눈을 뜬다는 것은 일어서는 것이고 걷는 상태로의 전환을 의미한다. 이때 일상성은 안주

---

25) 요한복음 21장 6절.
26) 마태복음 25장 33절.

하기를 바라고 초월성은 나아가기를 바라기 때문에 일상성과 초월성 사이에는 시적 긴장이 이루어진다. 왜 눈을 떠야 하는가에 대한 대답은 시「開眼」에서 제시된다. 시적 주체는 "세상은/너무나 아름답고/충만하고 풍부하다./神이 지으신/있는 그것을 그대로 볼 수 있는"이라고 노래하면서 '신이 지으신' 것들이 아름답다는 것을 새로이 깨닫게 된다. 이것은 신의 창조능력에 대한 是認의 시적 형상화이다.

박목월 시의 공간은 왼편 아니면 오른편, 문밖 아니면 문안, 개울 이편 아니면 저편으로 대칭되는 구조를 이루고 있으며, 한편의 공간은 부정적인 의미를 지니며 다른 한편은 긍정적 의미를 지닌다. 시적 주체는 부정적 의미 공간에서 긍정적 의미 공간으로의 수평적 초월을 시도한다. 이쪽과 저쪽의 확연한 대립은 성경의 '뜨겁든지 차든지 하라.'나 '오른쪽의 양과 왼쪽의 염소로의 분류'와 같은 二元對立的 분류에 근거한다.

(2) 승화 의지의 매개와 경계

① 승화 의지의 매개

박목월의 승화 의식은 열쇠나 진흙 같은 물리적인 소재로서 정신적 승화의지를 보여 준다. 이것들은 모두 초월 세계로의 이행을 촉진시켜 주는 매개물들이며 종교적 알레고리(allegory)이다. 이 소재들은 물질적 질료가 아니라 새로운 의미 심상으로서 승화 의지를 촉진시키며 초월적 성질을 공유하며 승화라는 동일한 정신적 범주 안에 위치한다.

'열쇠'는 무의식이나 천상의 세계를 해명하는 방법적 상징[27])이다. 박목월 시에서 열쇠는 천국의 문을 열 수 있는 매개가 되며 믿음으로 된 순금의 열쇠이다.

> 미래의 거미줄이 엉켜 있는./물욕으로 질퍽거리는/지상의 늪지대를./속임수의 수렁창을./쇠 부스러기를 찾아/허덕이게 된다.//공허한/동굴의 어둠만이 깃든/썩은 개펄의 바람만이 풍겨 나오는/지상의 생활 속에서/…… 중략 ……/참된 열쇠를/움켜잡는다./…… 중략 ……/순금의 신앙으로 다듬어진 열쇠
> - 「순금의 열쇠」 중에서

지상의 미래는 거미줄처럼 난해하고 복잡한 공간이며, 거미줄처럼 끊어지기 쉬운 불안한 시간이며, 지상의 현재는 물욕으로 질퍽거리는 늪지대이며, 속임수와 쇠 부스러기 즉 돈을 모으기 위해 허덕이는 공간이다. 이처럼 물욕으로 허우적거리는 삶이지만 돌아오는 것은 공허밖에 없으며, 동굴의 어둠처럼 앞을 내다볼 수 없는 짙은 어둠뿐이며 썩고 부패한 생선의 냄새가 진동하는 부정적 공간이다. 이처럼

---

27) 이승훈, 『문학 상징 사전』, 고려원, 1995, p.379.

지상적 삶은 신앙적 자아가 나아가고자 하는 초월적 공간과 구별된다. 지상적 삶을 천상의 삶으로 승화시켜 주는 매개는 열쇠이며 순금의 신앙으로 다듬어진 열쇠인 참된 열쇠와, 지상의 열쇠 두 가지로 제시된다. 지상의 열쇠는 물욕과 속임수로 가득한 지상의 늪지대에 속한 것이지만, 신앙의 참된 열쇠는 순금의 신앙으로 다듬어진 것으로서 천국 열쇠이다. 순금의 참된 열쇠는 하늘의 문을 열 수 있는 기능이 있다. 박목월 기독교 시의 특징은 성경의 현대적 해석으로 특징지을 수 있다. 우슬초, 진흙과 같은 과거사건의 사물을 현대적 신앙의 성숙을 위한 재해석의 바탕으로 삼는다. 영혼이 눈먼 자에게 진흙을 바름으로 영혼의 눈을 떠서 헛된 지상의 것과 참된 천상의 것을 분별하는 영혼의 눈을 가지라고 말한다.

열쇠가 지상의 늪지대에서 참된 초월의 공간으로의 이행을 도와주는 매개물로 사용되었던 것처럼 진흙도 장님의 세계에서 광명의 세계로 이행을 도와주는 매개가 된다.

> 실로암의 연못에서/씻음으로 장님은 눈을 뜬다./…… 중략 ……/눈먼 자여/영혼의 장님이여/안다는 그것으로/눈이 멀고/보인다는 그것으로/보지 못하는/오만과 아집 속에서/진흙을 이겨/눈에 바르게 하라/…… 중략 ……/진흙을 이겨/눈에 바르고/보내심을 받은 실로암의/연못에서/눈을 씻자.
>
> ―「믿음의 흙」 중에서

위 시는 성경 요한복음 9장 그리스도가 소경의 눈에 진흙을 바르고 실로암 연못물에 씻게 해서 소경된 자를 고쳐준 사건을 소재로 한다. 영혼이 장님이었던 시적 주체는 진흙을 매개로 영혼의 눈을 떠 열리는 정신의 세계를 바라본다. "믿음으로 새롭게 눈을 뜬다./안다는 장님의 세계에서 광명의 세계로"(「우슬초」)에서의 우슬초도 장님이 새롭게 눈을 뜨게 하는 매개가 되어 열쇠, 진흙과 같은 승화적 상상력의 매개로 형상화된다. 우슬초는 문둥병자를 정결케 하는 의식에서 희생의 피를 적용하는 방편으로 사용[28]되었다. 부정한 것을 정결하게 하는 우슬초는 어둠의 세계에서 광명의 세계로 나아가고자 하는 의지를 드러낸다.

박목월의 시에서 강은 '천국으로 향하는 길'을 상징하며, '핏줄'의 이미지로 변형되어 나타나 그리스도의 보혈을 상징한다. 그리스도의 보혈이 인간을 구원한다는 의미를 연장시켜 보면, 강을 통하여 천국에 이른다는 의미와 동일성을 가지게 된다.

㉮ 강물같이 이 충만한 마음/시간을 노 젓는/고르게 흐르는 물길을 따라/당신의 나라로/당신의 나라로 향하게 하십시오.
　　　　　　　　　　　　　　　　　　－「평온한 날의 기도」 중에서

㉯ 핏줄을 생각한다./선한 핏줄은/핏줄로 이어져서/슬기로운/

---

28) 위클리프, 앞의 책, p.821.

열매를 맺게 하고/…… 중략 ……/그/신비스러운/강물에서/눈
을 뜨는/헤아릴 길 없는/우리들의 분신과/소생과/부활들.
－「핏줄」 중에서

시 ㉮의 강은 '당신의 나라'로 이끌어 주며, 강을 통하여
초월적 세계로 나아간다. ㉯의 강은 핏줄을 은유한다. 핏줄
이미지는 신앙의 집안을 나타내며 이는 '우리 집안의 기도
는 3대로 이어질 것이다.'에서 구체화된다.

㉮ 주의 말씀으로 태어난/순결한 핏줄로
－「감람나무」 중에서
㉯ 핏줄을 생각한다./선한 핏줄은/핏줄로 이어져
－「핏줄」 중에서
㉰ 당신의 보혈이/핏줄마다 서리게 된다는 것
－「네 믿음이」 중에서
㉱ 핏줄 가닥가닥마다/팽창한/삶의 기쁨
－「얼룩진 보자기의 네 귀를 접는」 중에서

㉮와 ㉯에서 핏줄은 '가계'이다. 열매는 신앙의 성숙, 믿
음의 결과 맺어진 열매로서 시간을 두고 내려온 신앙적 가
계의 신앙 역사에서 맺혀진다. ㉰와 ㉱의 핏줄은 개인의
핏줄로서 그리스도의 능력으로 병 고침을 받았다는 구속의
증거가 핏속까지 흐른다는 것을 보여 준다. 크리스천에게
있어서 피의 의미는 구원, 생명이라는 궁극적 존재 의의와
연관된다. '네 믿음이'라는 제목은 마태복음 9장에서 혈루

증을 앓고 있던 여인이 그리스도의 옷자락만 만져도 나을 수 있다는 믿음으로 병을 고침 받고 "네 믿음이 너를 구원하였다."고 그리스도로부터 칭찬받았던 이야기를 배경으로 한다. 시인은 이 여인처럼 믿음이 성숙하기를 바란다.

② 승화 의지의 경계

시적 주체는 '문', '다리', '길', '개울'과 같은 경계에 서 있으며 '과거', '어둠', '세상' 등의 이쪽에서 '미래'와 '밝음'과 '그곳'으로 방향을 정한다.

문은 외부로부터의 차단, 외부적 공격으로부터의 보호, 그리고 출입이라는 성격을 지니고 있다. 외부로부터의 차단은 문을 닫고 기도하는 초월적인 공간을 만들고, 외부적 공격으로부터의 보호는 빛과 어둠의 경계에서 문 안으로 들어가기를 바라는 것의 소망을 보여 준다. 성경에서 '하늘의 문'은 말라기 3장 10절의 "내가 하늘 문을 열고 너희에게 복을 쌓을 곳이 없도록 붓지 아니하나 보라." 복의 통로이다. 문을 통해 은총과 복을 준다는 인식은 박목월 시에서는 "어둠에서 밝아 오는/빛의 대문을 젖혀/우리의 하루를 마련해 주시는데"(「아침마다 눈을」)로 드러난다. 문을 통하여 지상의 인간은 승화의 꿈을 이룬다. 그리고 "마지막 날/그 찬란한 빛과 구원 속에서/당신 안에 있는/저가 되게 하소

서"(「처음부터」)라고 문을 통해서 '당신' 안으로 들어가게
되기를 소망한다. 하늘의 문은 그리스도를 상징하는 구원의
문이다. "당신이 대속해 주심으로/하늘나라의 문은 열리고"
(「작은 베들레헴에 불이 켜진다」)에서의 문은 그리스도를
상징하며 그리스도가 십자가에서 인간들의 죄를 지고 죽음
으로써 그리스도를 믿기만 하면 구원을 얻을 수 있다는 의
미를 문으로 표상하고 있다. 요한복음 10상 7절에서는 그
리스도를 양의 문이라고 적고 있다. 문을 통하여 양이 드나
드는 것처럼, 인간인 우리들도 그리스도를 통하여 천국으로
들어갈 수 있다는 의미이다. 구원은 지상에서 초월적 세계
로의 이동이기 때문에 문을 열고 들어감으로써 세속적 인
간은 종교적 인간으로 거듭난다. 문 안과 문밖의 구분은 다
음 시에서 구체적으로 그려지고 있다.

> 진리와/진리 아닌 것 사이에/빛과/어둠 사이에/가로놓여 있는/
> 문을 깨닫게 하시고/…… 중략 ……/당신의 테두리 안으로/들
> 어선 자의/가족적인 축복을/제게도 베푸소서./들어서지 못한
> 자는/영원히 문밖에/서성거리게 됩니다.
>
> — 「문」 중에서

문은 진리 아닌 것에서 진리로, 어둠에서 빛으로 이행하
는 통로가 된다. 문을 통하여 들어서면 가족적인 축복을 누
리는 자가 되고 문을 들어선 자는 구원의 삶을 살 수 있게
된다. 보혈의 피를 인식하고 순금으로 된 믿음의 열쇠를 가

진 자는 구원받아 주의 테두리 안에 들어갈 수 있는 가족
적인 축복을 받지만, 그 반대편에 선 인간은 영원히 문밖에
서 서성이게 된다. 박목월의 순례자 의식은 승화를 지향하
여 앞으로 나아가고자 하는 역동적 의지를 보인다. 그러나
지상적 인간들은 '서성거리'며 나아가지 못한다.

문밖의 세계는 분주한 지상의 삶이며 문 안은 신에게로
돌아가는 신적인 공간, 초월의 공간이다. '집 안'이라는 내
밀성의 공간은 초월 공간이 된다.

> 장지문을 닫았다./純紙로 밝힌 내면/기도를 하자./어머니의 흡
> 聲으로/기도를 하자./…… 중략 ……/마디가 굵은 손을/성경
> 책 위에 얹음은/人間의 가장 崇高한 자세/기도를 하자./시련은
> 神의 긍휼하신 선물/우리 생활이/어려울수록/장지문에 어려
> 올/밝음을 생각하자.
>
> -「무제」 중에서

박목월은 삶이 주는 고통과 회의를 극복하는 방법은 기
도하는 것이라 한다. 세상적 삶의 문제는 끊임없는 자기 수
련의 의지와 기도로 해결할 수 있다. 기도는 문 안, 즉, 초
월 공간에서 이루어진다. 문 안은 시를 쓰고 기도할 수 있
게 해 주는 개인적이며 문화적 공간이며 신의 보호를 받는
초월적 공간이다. 문은 현실과의 거리 유지에 성공하고 시
창작에 몰두할 수 있는 자기 승화를 충족시켜 주는 공간이
다. 살아 있는 자들의 <집> dom과 거짓된 삶의 antidom

의 대비는 빛과 음향 등 일련의 공고한 특징들로 인해 실현된다.[29] 문 안의 공간은 시적 주체의 내면 공간으로 밝음의 공간이 된다.

창은 정신적 세계로 직행하게 하는 입구이다. 다음 시에서 창문은 당신의 나라로 향하는 통로이다.

> 양지바른 창가에 앉아/인간도 한 포기의/화초로 화하는/이 구김살 없이 행복한 시간/…… 중략 ……/주여/고르게 흐르는 물결을 따라/당신의 나라로 향하게 하십시오.
> －「평온한 날의 기도」 중에서

시적 주체는 창문을 통하여 당신의 나라로 가고자 한다. 한 송이의 화초가 불러일으키는 서정은 신앙적 상념에 따라 전개되며 자연과의 교감이 이루어진다. 한 포기의 화초로 화하는 시간은 신을 생각하는 신앙적 시간이 된다. 박목월 시는 어제보다 오늘을 더 중요시하며 오늘에서 내일로의 과정을 긍정적으로 인식한다. 어제는 탈피해야 하는 시간, 벗어나야 하는 시간이고, 미래는 도달하고자 하는 종착점이요, 현재의 내가 변화해야 하는 마지막 모습이며, 더욱 성숙한 신앙적 상태이다.

박목월 시의 주된 시간적 배경은 오늘 아침이다. 아침은 어둠과 혼돈의 밤을 지나 창조와 빛의 아침으로 승화하는

---

29) 유리로뜨만 외, 『시간과 공간의 기호학』, 러시아학연구회 편역, 열린책들, p.38.

시간이다. 세계는 하나님에 의해 창조되었으며 하나님에 의해 통치가 이루어지고 하나님으로 말미암아 창조는 완성된다. 밤과 어둠과 혼돈은 무질서, 악, 파멸, 죽음을 의미하며 낮과 빛은 신, 질서, 선, 삶을 의미한다.

> ㉮ 어리석은 것으로/충족한 오늘 속에서
>   -「평신도의 장미」 중에서
>
> ㉯ 내일은 다만 신이 다스리는 시간. /우리의 보람은 /오늘에 있는 것.
>   -「同行」 중에서
>
> ㉰ 나는 주님과 더불어/오늘을 살고 있다.
>   -「처음부터」 중에서
>
> ㉱ 오늘의 평온 속에서/…… 중략 ……/고르게 흐르는 물결을 따라/당신의 나라로 향하게 하십시오.
>   -「평온한 날의 기도」 중에서

오늘은 신앙을 재발견하는 시간이다. ㉮, ㉯의 오늘은 물리적 시간이고, ㉰, ㉱의 오늘은 종교적 시간이다. 종교적 시간은 물리적 시간에 비해 상대적으로 더 긴 느낌을 주는데 신앙을 깨우치며 주님과 더불어 사는 오늘은 '항상'이라는 의미를 내포한다. 오늘이 연속적으로 결합되어 영원한 내일이 된다. 영원한 현재가 영원한 미래라는 의식은 "땅속에서 하늘 꼭지까지/충만한/지금의 이 순간을/영원한 나의 시간이/되게 하옵소서."(「아침의 수세미꽃」)라고 신앙심으로 충만한 '이 순간'을 영원한 시간이 되기를 바라는 데서 발견된다.

박목월의 도상에 있어서의 순례자적 승화 의식은, 시간 의식에 있어서도 과거에서 현재, 현재에서 미래로 이행하고자 하는 것으로 나타난다. 오늘은 나의 시간이고 내일은 신의 시간이다. 그는 과거에서 벗어나 현재인 오늘이라는 시간에 위치하고 있으며 신의 시간인 내일이라는 미래를 향하여 이행해 가기를 소망한다. 그렇게 때문에 죽음에 대해서도 죽음이 곧 부활이라는 기독교적 인식을 보인다. 죽음은 순례자가 이르는 마지막 귀착점이며 내세는 진정한 생명의 세계인 것이다. O. F. 볼브는 죽음을 깨달음으로써 비로소 인간의 삶은 그 진정한 실존의 높이에까지 이르게 되며 인간시간의 최후이며 넘을 수 없는 가능성으로서의 죽음에 대한 관계를 통하여 비로소 인간에게 있는 나머지의 모든 미래와의 관련들도 그들의 적당한 위치를 얻게 된다[30]고 보았다. 종말에 대한 낙관적 의식 "인간의 종말이/이처럼 충만한 것임을/나는 미처 몰랐다."(「크고 부드러운 손」)고 인간의 종말을 충만한 것으로 본다. 미래에 대한 낙관적 인식은 얽매인 지상의 삶으로부터 초월하고자 하는 의지를 나타내며 승화 의지에 대한 믿음을 견고히 한다.

---

30) O. F. 볼노브, 『실존철학이란 무엇인가』, 최동희 역, 서문당, 1975.

(3) 초월 공간으로서의 초원 이미지

기독교 시에서 천국은 어떠한 모양으로든지 변용되어 나타나는데 에덴동산은 아담과 하와의 낙원 추방 사건 이후로 회복해야 하는 낙원의 상징이 되었다. 박목월 시의 '초원', '풀밭', '들판', '잔디', '바다' 등의 공간은 평화와 안식, 구원의 공간을 상징하며 이는 시편 23편 "여호와는 나의 목자시니 내게 부족함이 없으리로다. 그가 나를 푸른 초장으로 이끄시며 쉴 만한 물가로 인도하시는도다."의 초원에 근거한다. 잔디와 초원은 에덴동산과 같은 신과 더불어 살 수 있는 공간 즉 낙원을 상징한다.

> 푸른 잔디든 금잔디든/잔디에는 꿈이 서려 있다./…… 중략 ……/생명의 樂譜(멜로디의 풀밭)/누구도 거역할 수 없는/안식이 서려 있다./생명을 지닌 자는/모두 草原을 동경하고/…… 중략 ……/목숨의 평화가 깃들어 있다./신과 더불어 살 수 있는/유일한 지역/멜로디의 풀밭에서/누구나 구원을 얻는다.
>
> ─「신이 거니는 잔디」중에서

> 그 순하고 어질고/어린것을 몰고/맑은 냇물을 건너는/……
> 중략 ……/평화로운 풍경이여/…… 중략 ……/풀빛이 싱싱한 초원으로/나의 기도는 나부끼고
>
> ─「양을 몰고」중에서

잔디에는 꿈과 평화와 안식이 있으며, 신과 더불어 살

수 있는 공간이며, 잔디에서 누구나 구원을 얻는다. 박목월은 근본적으로 고향의 시인이라고 이성교는 말한다. 초기의 시가 직접 고향에 살면서 생활을 노래했다면 중기 이후의 시는 고향을 떠나 타향에서 고향을 그리워[31]하였다는 것이다. 이처럼 고향에 대한 의지는 나그네 의식으로, 영원한 본향을 향한 기독교 시에서는 초월 공간을 향한 순례자 의식으로 발전한다.

3) 부정적 현실 공간

성경에서 지상은 죄와 어둠이 장악하는 부정적 공간이다. 박목월 시에서는 경험과 믿음의 두 세계가 공존하는데, 경험의 세계는 명성과 명예를 중시하는 세계이며, 믿음의 세계는 비가시적이며 초월적 세계이다. 두 세계를 대표할 수 있는 이분법적인 구분은 성과 속, 빛과 어둠, 소돔과 고모라와 초원이다.

> 미래의 거미줄이 엉켜 있는,/물욕으로 질퍽거리는/지상의 늪지대를,/속임수의 수렁창을./쇠 부스러기를 찾아/허덕이게 된

---

31) 이성교, 「상황과 시적대응」, 『한국현대시 연구』, 과학정보사, 1985, pp.242~244.

다.//공허한/동굴의 어둠만이 깃든/썩은 개펄의 바람만이 풍겨
나오는/지상의 생활 속에서

-「순금의 열쇠」 중에서

빛의 빛임을 모르는/미련한 자가/꺼진 등불을 들고/짐승의 무
리 속에서 방황한다./그 어두운 내면/굳은 말씨./그들은 먹고
마시는 것만으로/만족한다./그리하여/차디찬 여명과 밝은 아침
이/어디서 비롯됨을 모르고/날이 어떻게 저무는지도 모른다./
어리석은 자여./그들은 어둠에서 태어나서/어둠으로 돌아가지
만/슬기로운 자는/빛에서 태어나서/빛으로 돌아간다.

-「빛을 노래함」 중에서

'엉키어 있으며', '질퍽거리며', '허덕이는' 행위는 앞으로
전진하지 못하고 머물러 있는 상태이다. 지상의 인간들은
더 이상 앞으로 전진하지 못하고 머물러 있으며, 이들이 처
한 곳은 흐르지 않는 물이 썩는 것처럼 늪지대이다. 지상은
늪지대, 수렁창, 썩은 개펄로 폐쇄된 곳, 흐르지 않는 곳,
땅으로 스며들어 땅바닥을 기어드는 것과 같은 한없이 하
강의 이미지로 묘사된다. 이것들은 헛된 유혹에 유혹당한
군상들의 공간으로 지상의 온갖 지옥적 양태를 보여 준다.
　또한 위 시는 어리석은 자와 슬기로운 자의 대비를 통하
여 지상의 삶을 부각시킨다. 지상의 '말자', '모르지', '모른
다'와 같은 단호한 부정 어말어미는 '안다'는 빛의 세계와
구별되며, 지상의 삶은 늪지대와 같은 곳으로 빠져나오려
노력할수록 더 깊이 들어가는 허우적거림의 삶으로 잠재적
죽음의 상태이다. 지상에 삶을 꾸리는 이들은 내면과 말씨

가 어둡고 굳으며, 먹고 마시는 것만으로 만족하는 세속적 무리로, 차디찬 여명과 밝은 아침이 신께로부터 비롯되었으며 날이 저묾도 신의 능력임을 깨닫지 못하는 자, 즉 신의 세계 안에 거하지 않는 자들이다. 그들은 빛에서 태어나 빛으로 돌아가는 천상적 존재들과는 대조적으로, 어둠에서 태어나 어둠으로 돌아가야 한다. 초월적 세계를 '일어서다', '깨다', '눈을 뜨다'와 같은 역동적 세계로 그린 반면, 지상의 세계는 '어두움', '굳음'과 같은 부동성의 세계이다.

박목월은 세상 문화를 표상하는 고유 공간으로 '소돔과 고모라'를 설정한다.

> 유황과 불의 비가 퍼붓는/타오르는 소돔과 고모라/…… 중략 ……/신문지로 만든 관에/마음이 유혹되고/잿더미로 화하는/ 재물에 미련을 가지게 되고
>
> -「돌아보지 말자」 전문

위 시는 창세기 19장 1~26절의 '소돔과 고모라성의 멸망'을 배경으로 헛된 명예에 몇 번이나 유혹당하는 외적 자아와 하나만을 선택하여야 한다는 내적 존재 사이의 갈등을 보여 준다. 처음 유혹이 신문지로 만든 관인 명예이며 그 다음 유혹은 재물이다. 박목월의 연약함은 교수나 회장이라는 명예직에 연유된다. 그가 가장 유혹당하기 쉬운 것이 명예라는 것은, 모든 종교인들이 공통적으로 겪고 있는

현실과 신앙 사이의 갈등을 그대로 보여 준다. 시적 주체는 이 같은 지상의 삶에서 더 나은 신앙으로의 성숙과 중생의 의지를 보인다.

박목월은 소돔과 고모라와 같은 지상의 정상적 회복은 오직 신을 향한 믿음으로만 화목할 수 있다고 한다. "믿음으로써만/화목할 수 있는 地上"(「聖誕節의 촛불」). 박목월은 세속적 삶을 벗어나 그 세속적 삶 속에서 의미 있는 삶을 분리해 내고 그 의미의 공간 속에서 새로운 세계 자아와 일체를 이루는 신앙의 새로운 세계를 구축하고자 하는 것이다.

4) 탈피 의지의 자아 인식

(1) 자아 정체에 대한 모색

박목월은 신앙의 절대적 대상 앞의 개인인 자아 정체(Self-identity)에 대해서 여러 가지로 모색해 본다. 먼저 자아 인식을 돌문에서 자갈돌로, 자갈돌에서 바위로 그 굳셈과 단단함의 강도를 높여 간다. '~이 되고 싶다.'는 표현은 승화 의지를 보여 준다.

주여/저에게/이름을 주옵소서./당신의/부르심을 입어/저도 무
엇이 되고/싶습니다./…… 중략 ……/나라는/이 완고한 돌문
을/열리게 하옵시고
                                    -「부활절 아침의 기도」 중에서

시적 주체가 정신적으로 승화하기 전 자아는 어둠과 딱
딱함의 상태였다. 그는 굳음의 세계를 벗어나서 빛과 부드
러움의 세계로 이동하고자 한다. 돌문을 열고 그리스도가
부활하였듯 딱딱한 자아의 껍질을 벗고 새로운 사람이 되
기를 소망하는 것이다. 시적 주체는 새로운 이름 받기를,
세속적인 자아의 탈을 벗어버리고 거듭난 자아로서 새사람
이 되기를 희망한다.

오늘은 작은 자갈돌이/되려고 합니다./…… 중략 ……/주여/
제가 무엇이옵니까?/이 물음에 대한 대답을 주께서 일깨
워 주시고/…… 중략 ……/오늘은/자갈돌이라 부름을 입게
하시고/내일에는 내일의 이름을 제게도 베푸소서.
                                    -「오늘은 자갈돌이 되려고 합니다」 중에서

'제가 무엇입니까' 하는 신 앞에서의 의문은, 장년의 세
월을 거쳐 노년에 이른 한 인간의 자기 존재에 대한 의문
과 고백이다. 표면적 형식은 자신의 정체성(identity)과 존재
이유에 대해 하나님께 질문하고 있는 형식이나 내면적 형
식은 '나에게 알맞은 정체성을 허락하옵소서.' 하는 신앙적
인 고백이다. 그리고 주어진 존재성에 대해서는 절대적 존

재의 섭리로 이해하려 한다. 그렇기 때문에 해답의 결과 자아는 途上에 머물러 있기를 거부하고 자기 존재의 의미와 역할을 분명하게 자각하게 된다. 돌은 존재나 응집 혹은 자아와의 조화로운 화해를 상징하며 돌이 소유하는 견고성과 내구성은 부패와 죽음의 법칙에 종속되는 생물들과 대립되는 세계를 암시[32]한다. 노드롭 프라이는 돌의 이미지를 '그리스도'와 동일한 것으로 결합시켰다.[33] 이는 시편 118편 12절 그리스도는 모퉁이 돌이라고 한 데서 발견할 수 있다. 견고성과 부동성 즉, 유혹에 흔들리지 않고서 앞만 보고서 나아가고자 하는 돌처럼 견고한 시적 주체의 신앙적 의지는 "들뜨지 말자/떠들지 말자/덤비지 말자"(「신춘음」)라고 다짐으로 구체화된다.

시적 주체는 소금 기둥과 같았던 옛 모습에서 새로운 모습을 원하는데 박목월은 옛것을 태워 버리는 의식을 "주의 사람임을 증거하는/표적을 보자/나는 그 자리에서 타올라/재가 되었다."(「희고 눈부신 천 한 자락이」)에서 행한다. 이전 것은 태워 버린 후에 남게 되는 재 위에서의 새로운 탄생, 거듭남의 이미지가 바로 재이다. 태워 버림으로 거듭난 시적 주체는 유혹에 약했던 옛사람을 벗어버리고 견고한 믿음의 바위 안에 거처를 마련하고자 한다.

---

32) 아지자 외, 앞의 책, pp.138~139.
33) 노드롭 프라이, 『비평과 해부』, 임규철 역, 한길사, p.336.

이제 모든 겉치레를 벗고/저 안으로 뿌리를 내릴 때다./……
중략 ……/인내와 고독의/바위 안에서/절대로 그분을 위하여/
그분의 말씀에 따라/나의 거처가 마련되어야 할 때다.

－「바위 안에서」중에서

　참음과 인내와 연단의 과정과 순례자로서의 길이 끝나면
신의 거처로 영원한 승화를 이룬다는 고백이다. 지금까지
모든 것이 승화 의지를 나타내고 있는 반면 위 시에서는
'내리고', '지고', '벗고', '뿌리를 내리고'와 같은 하강적 의
미군이 바위라는 무거운 시적 주체의 존재로 응집된다. 바
위 혹은 돌은 방황하는 사고와 대립되는 것으로 정신과 욕
망을 고정[34]한다. 고정은 절대적인 존재에게만 자신의 의
지를 묶어 두겠다는 의지의 표현으로 인내와 연단과 고독
등을 필요로 하는 순례자의 걸어가는 길이 결코 쉽지 않음
을 나타내는 것이다.

　시적 주체는 연단의 과정을 거쳐 "나는 다만 어리석고
성실한 일꾼에 지나지 않는다."(「밭머리에 서서」)고 신 앞
에서 자신은 단지 작은 존재임을 고백한다. 그리고 시 「雅
歌」에서 "나는 당신을 잉태했습니다."고 고백함으로써 신
을 중심에 놓고자 한다. 신을 중심에 모신 시적 주체는 아
침마다 주의 사람이 되기를 소망한다. '~이 되고 싶다.'라
는 소망형의 어구는 승화의 의지를 표현한다. 그리고 "오늘
/한 개의 질그릇이 되기를 바란다."(「無題」)고 소망한다. 인

---

34) 아지자 외, 앞의 책, pp.138~139.

간은 토기장인 신의 손에 의해 빚어지는 그릇이며, 신은 토기장이로서의 예형을 가지고 있다. 시적 주체도 신의 손에 의해 새롭게 만들어지기를 희망한다.

(2) 재생의지

박목월 시에서 이원분리적 체계는 영과 육의 이원적인 사상으로 나타난다. 부활에는 육신의 부활[35]과 영적인 부활[36]이 있으며 영적인 부활이 거듭남이다. 거듭남(born again)은 '다시 태어난다.'라는 의미이다. 성경에서 영적인 죽음은 창조주와 피조물 사이에 화목의 관계가 단절된 것을 의미하며, 영적인 재생은 인간이 하나님과 화해하여 단절되었던 관계를 회복하는 것이다. 박목월의 부활인식은 정신적 다시 삶, 즉 거듭남의 이미지로 나타난다.

박목월은 '하늘의 문'을 통한 부활 혹은 거듭남의 승화 의지를 보인다. 즉, 시적 주체가 처한 어떠한 상황에서든지 더 나은 상태가 되기를, 혹은 부활하여 새로운 사람으로 거듭나기를 바란다. 그는 그리스도의 부활에 대한 의미 매김을 먼저 하고 자신의 거듭남에 대한 의지를 보여 준다.

---

35) 이사야 26장 19절: 주의 죽은 자들은 살아나고 우리의 시체들은 일어나리라. 요한복음 11장 44절: 죽은 자가 수족은 베로 동인 채로 나오는데 ······

36) 요한복음 3장 3절: 예수께서 대답하여 가라사대 진실로 진실로 네게 이르노니 사람이 거듭나지 아니하며 하나님 나라를 볼 수 없느니라.

십자가에 못 박힌/그 손의 증거/주의 부활로/죄 사함을 받은/
속죄의 길이 열린/하늘의 은총
                              -「오늘밤 지구를 에워싸고」 중에서

　그리스도의 부활로 인간들은 죄 사함을 받았다. 기독교
에서 부활 신앙 혹은 거듭남 신앙은 부활절 계란이 가지는
상징으로 나타난다. 생명이 없는 것처럼 보인 계란에서 생
명을 가진 병아리가 나오듯 기독교인들은 계란이 닭이 되
는 것으로 다시 거듭나기를 바란다. 이를 박목월은 시 「자
리를 들고」에서 '알 속에 갇혀 있는 생명이 부화되기를 갈
망하듯'이라며 거듭남을 갈망한다.

　　㉮ 보혈로써 거듭날 수 있습니다.
                              -「문」 중에서
　　㉯ 그리스도의 탄생 안에서 우리는 거듭나고
                              -「성탄절을 앞두고」 중에서
　　㉰ 거듭난 것이 썩지 않는 씨앗이 되어
                              -「거룩한 밤에」 중에서
　　㉱ 순결한 인간으로서 거듭 태어나서
                              -「얼룩진 보자기의 네 귀를 접는」 중에서

　새로운 것을 지향하는 것보다 좀 더 높은 차원으로의 승
화는 거듭남이다. 거듭남이라는 종교적 언어는 니고데모와
그리스도의 대화 가운데 그리스도가 다시 태어나야 한다는
의미로 사용한 구절[37]이다. 위에서 ㉮, ㉯, ㉰의 시는 그리

------

37) 요한복음 3장 3절: 사람이 거듭나지 아니하면 하나님 나라를 볼 수 없느니라.

스도의 보혈 안에서 거듭나야 한다는 성경적 인식을 바탕
으로 하고 있다. ㉺는 회심함으로써 거듭나게 된다는 거듭
남의 과정을 보여 주고 있다. 인간이 인간으로 거듭난다는
것은 순결하지 못한 인간에서 순결한 인간으로 거듭나는
것이다. 결국 박목월의 거듭남은 순례자적 승화 의식의 연
장선상에서 파악된다.

거듭남에 대한 의지는 신세계를 만들어 내는데 '새로운',
'상쾌한', '신선함'과 같은 단어들은 새것에 대한 내적 정서
를 드러낸다.

　　새로 마련된 빛과 그늘
　　　　　　　　　　　　　　　－「일어나라」 중에서

　　훤하게 동이 트는 새날의 새벽
　　　　　　　　　　　　　　　－「新春吟」 중에서

　　오로지 새로운 내일
　　　　　　　　　－「얼룩진 보자기의 네 귀를 접는」 중에서

　　고독 안에서 마련되는 새로운 질서의 밤
　　　　　　　　　　　　　　　－「바위 안에서」 중에서

　　새로 빚은 포도주 같은 피 새사람
　　　　　　　　　　　－「희고 눈부신 천 한 자락이」 중에서

　　우리는 새사람이 되어
　　　　　　　　　　　　　　　－「네 믿음이」 중에서

위 시들에서 시적 주체는 새날과 새사람을 열망한다. 새
날은 성경에서는 새 예루살렘(계시록 3장 12절), 새 하늘과
새 땅(이사야 65장 17절), 새사람(에베소서 42장 24절), 새
로운 피조물(고린도 후서 5장 17절)[38] 등으로 나타나며 새

로운 세계를 지향하는 의식을 드러낸다. 이처럼 새날, 새사람, 부활, 승화 등의 재생의 의미들은 그리스도의 부활 후에 입게 되는 새로운 육신과 새롭게 맞이하는 날을 상징[39]한다. 이 같은 묵시적 의미를 박목월은 현재적 의미로 해석하여 지금, 현재, 항상, 새로운 날을 맞이하기를 바라고, 자신은 항상 거듭남으로 새로운 사람이 되기를 바란다.

신선한 열매, 신선한 축복과 같은 신선함의 어감을 주는 시어는 박목월의 승화 의식을 나타낸다. 이것들은 지상의 썩어 냄새나는 것들과 거리를 가지고 초월적인 것을 나타내려 할 때 사용되는 부수적인 감각어이다.

> 신앙의 신선한/열매
> > －「부활절 아침의 기도」 중에서
> 정신의 안쪽에 열리는/생기 찬 과일
> > －「얼룩진 보자기의 네 귀를 접는」 중에서
> 싱그러운 미나리 냄새
> > －「3월로 건너가는 길목에서」 중에서
> 눈을 뜨게 된 것들의/그 신선한 축복
> > －「일어나라」 중에서
> 빛같이 신선하고
> > －「아침마다 눈을」 중에서

신앙의 신선한 열매, 뉘우친 후에 정신의 안쪽에 열리는

---

38) 성서교재간행사, 『성구대사전』, 1983, p.950.

39) 계시록 3장 12절: 내가 하나님의 이름과 하나님의 성 곧 하늘에서 내 하나님께로부터 내려오는 새 예루살렘의 이름과 나의 새 이름을 그이 위에 기록하리라. 이사야 65장 17절: 보라 내가 새 하늘과 새 땅을 창조하나니 이전 것은 기억되거나 마음에 생각나지 아니할 것이라.

생기 찬 과일, 신선한 축복, 신선한 빛, 싱그러운 미나리 냄새, 등 주로 과일의 이미지로 신선함을 강조하고 있다. 열매가 성경에서 알레고리로 쓰인 '성령의 아홉 가지 열매'는 갈라디아서 5장 22절 "오직 성령의 열매는 사랑과 희락과 화평과 오래 참음과 자비와 양선과 충성과 온유와 절제니" 이와 같은 정신적인 열매는 거듭남이라는 통과의례를 통과한 종교인들이 맺게 되는 열매이다.

결국 박목월은 시에서 '거듭남', '재생', '새로움'의 의지는 박목월이 현실보다 더 나은 초월적 세계로 이행을 바라는 순례자적 의식을 지향하기 때문이다. 김희보는 기독교 시에 대해서 "기독교 시는 '실존의 문학'이되 나그네로서의 실존이며 나그네는 '巡禮의 나그네'요 '救道의 나그네'"[40]라고 말한다. 천국을 향한 순례 혹은 정신적 완성을 향한 긴 여행과 같은 시 전체의 구조는 승화를 향한 정신적 성숙의 탐색 과정을 보여 준다.

> 금이나/은이나/구리를 지니지 말고/두 벌 옷이나/신이나/지팡이를 지니지 말고/우리의 믿음을/베풀어 줌으로 확인하자.
> ─「말씀을 전함으로 기독교인이 되자」 중에서

위 시는 그리스도가 제자들을 세상에 파견할 때 제자들

---

40) 김희보, 『기독교 문학 서설』, 기독교 사상, 1969. 2. pp.104~106.

에게 이른 말을 배경으로 하고 있다. 제자들은 나그네처럼 금이나 은, 즉 재물을 가지지 않으며 여벌의 옷이나 신이나 지팡이를 지니지 않는다. 하루하루를 전적으로 신에게만 의지하고 말씀만 전하는 순례자가 되어야 한다는 것이다.

(3) 사회적 자아

박목월 시의 우리는 나의 또 다른 지칭어이다. 신과 나 사이에 1:1의 관계에서는 '나'이지만 신과 1:多의 관계에서는 '우리'가 된다. 우리라는 대명사가 사용되는 표면적 이유는 박목월의 시가 기도문의 형식을 취하고 있기 때문이다. 한광구는 시집 『크고 부드러운 손』에 대해 "목월의 사후에 출간된 이 시집에는 그의 말년에 상상력이 지향하는 극점이 신의 세계가 되기 때문에 대부분이 신에게 기도하는 기도의 시 형태로 쓰인 시이다. 그러나 이 기도 시는 한 신앙인으로 간구한 세계를 보여 줄 뿐만 아니라 문학적으로 큰 성과를 갖는다. 이는 존재의 구원과 부활이란 측면에서뿐만 아니라 신의 사랑을 자신의 몸으로 체험하며 이를 문학의 형태로 드러냈기 때문이다. 즉, 신앙인으로 기도를 시의 형식으로 바꾸어 문학작품으로 성과를 획득한다. 이는 목월이 그의 생애를 일관하는 상상력의 지향의 마지막으로 도달한 영원한 시간과 공간을 자신의 내면적 근거로

삼음으로써 영원한 생명력을 획득하고 있기 때문이다."[41]라고 보고 있다. 칼뱅은 그의 저서 『기독교 강요』에서 "자비와 아낌없는 사랑을 받는다는 꼭 같은 권리에 의해서 우리는 하나님 아버지의 동등한 자녀이기 때문이다."[42]라고 해석하고 있다. '우리'는 이스라엘 백성과 하나님과의 관계가 부자 관계로 비유되었던 데서 연유된다.

> 우리의 신앙을/손이 증명하자
> -「日曜日 아침에도」 중에서
> 문이 닫기는 오늘의/우리들의 출입
> -「우리들의 출입」 중에서
> 우리 집안의 기도는/3대로 이어질 것이다.
> -「어머니의 성경」 중에서
> 우리가/먹고 마시는 것은/내가 아니다.
> -「마음부터」 중에서

위 시의 우리는 '나'라고 바꾸어도 의미의 차이가 없지만 '우리가 ~을 하자.'라는 청원법으로 사회적 자아들에게 함께 순례자의 길을 걸어가자고 권한다. 시적 주체는 '나'이고 믿는 크리스천은 '우리', 즉 '사회적 자아'이다. 박목월은 순례자로서 신앙의 길을 걸어가면서 다른 신앙의 사회적 자아들에게 함께 갈 것을 권하고 있는 것이다.

---

41) 한광구, 『목월시의 시간과 공간』, 시와 시학사, 1993, p.343.
42) 존 칼빈, 『기독교 강요 中』, 김종흡 외 3인 공역, 생명의 말씀사, 1992, p.474.

**

　박목월은 '모성적 신성'을 형상화하는데 이는 그의 어머니에 대한 애정에서 연유된다. 초기 시 「나그네」에서부터 시작된 떠남의 의식이 기독교 시의 초월적 승화 의지에 재현되어 순례자(pilgrim) 의식으로 발전한다. 이는 천국을 향한 순례 혹은 정신적 완성을 향한 긴 여행은 정신적 성숙의 과정과 정신적인 성숙의 탐색 과정이다. 그의 벗어나기, 더 높은 곳으로 향하기, 승화하기, 탈피하기는 현재에서 더 나은 곳으로 적극적 초월을 꿈꾸며 초월적 자아는 승화, 탈피, 초월적 의지를 강하게 드러낸다. 승화 의지는 새로움에의 지향이라는 신세계를 만들어 내며, 새로운 날을 맞이하기 바라고 거듭남으로 새로운 사람이 되기를 소망한다. 반면, 지상의 인간들은 더 이상 앞으로 전진하지 못하고 머물러 있는 상태이며, 흐르지 않는 물이 썩는 것처럼 늪지대로 형상화된다. 시적 주체가 정신적으로 승화하기 전 자아의 내면 상태는 어둠과 딱딱함의 상태이며, 시적 주체는 이 굳음의 세계를 벗어나서 초월의 세계인 빛과 부드러움의 세계로 이동을 소원한다. 시간관에 있어서도 어제보다는 오늘을 더 중요시하며 오늘에서 내일로의 과정을 긍정적으로 인식한다. 어제는 탈피해야 하는 시간, 벗어나야 하는 시간이고 미래는 도달하고자 하는 종착점이다.

4. 김현승의 기독교 시
- 회개의식과 깊이 지향 -

김현승은 1934년 동아일보에 「쓸쓸한 겨울이 올 때 당신들은」과 「아름다운 새벽이 우리를 찾아온다 합니다」를 발표한 후 1975년 타계하기 전까지 40여 년 동안 290여 편의 시 작품을 남겼다.

그는 목사의 아들로 태어나 기독교의 집안에서 자라났기 때문에, 두 시인과는 남다른 신앙의 기반을 가지고 있다. 신앙의 출발에 있어서 박두진처럼 자신의 필요에 의해 스스로 기독교에 입문한 것과 같은 경험이 없으며, 박목월처럼 신을 자신의 체험의 바탕 위에서 받아들인 것과 같은 경험과도 다른, 어려서부터 습득된 종교관을 가지고 있었고 이것은 그의 시에서 철학적 기독교 시의 모습으로 나타난다.

김현승의 시작 초반은 기독교적 사상을 바탕으로 한 기독교 시가 소수 있었으며, 중반은 기독교에 대한 회의로 반기독교적인 작품이 주를 이루다가, 후반에는 다시 기독교로 회귀하여 기독교적 상상력을 바탕으로 한 작품을 썼다. 결국 전기, 중기, 후기 세 시기로 구분된 각 시기는 표면적으로는 서로 다른 것처럼 보이지만 실은 그것이 모두 신에 대한 문제, 신앙에 대한 문제를 기반으로 하고 있다. 결국 교회나 신앙에 대한 회의는 종교의 본질에 대한 그의 순수한 감정과 염원을 표명한 것이다. 기독교로 다시 회귀한 뒤에도 신앙 전제로서의 진지한 회의가 시의 바탕을 이루고 있음을 발견할 수 있으며, 또한 탈기독교 시라 할지라도 그

가장 깊은 내면에는 회의할 수 없는 근본적인 신앙이 자리 잡고 있다.

　김현승 시작 활동 초기의 시 작업은 사색과 관조, 철학적 경향의 시가 주를 이루었다. 그리고 중기에는 신과 종교에 대한 회의로 '고독'의 시를 주로 썼으며, 자신도 신을 떠났다고 고백한다. 그러다가 1973년 3월 둘째 아들의 결혼식 날 고혈압으로 쓰러진 후 약 두 달간의 병상에서 일어나자 그동안의 종교적 방탕과 인간적 교만을 참회하고 앞으로는 믿음의 시만 쓸 것을 말한다. "내가 병후에 첫째로 해야 했고 한 일은 문학관의 개조와 혁신이었다. 나는 20대에 문단에 나와 지금까지 반생 이상을 시를 썼다. 그러나 나는 목사의 아들이며 시인이면서도 한 번도 우리 사회에 발행하는 신문이나 잡지에 신앙 중심의 시를 발표한 적이 없다. 기독교 신문이나 기독교 잡지에서 원고 청탁이 오면 기독교 시를 써 보냈으나 일간신문이나 잡지에는 地上 중심의 시를 써서 보내고도 예사로 알아 왔다. 나는 이 사실을 참회하였다. 내가 받은 詩材는 어디로부터 받은 것인가? 그것은 하나님이 주신 것이지 지상의 어느 누가 내 가슴과 머릿속에 넣어 준 것이 아니고 넣을 수도 없다."[43] 라고 고백한다.

---

43) 김현승, 「하나님께 감사를 보내며」, 『김현승 전집2. 산문』, 시인사, 1985. p.395.

지금 나의 애착과 신념은 결코 시에 있지 않다. 따라서 시에 대한 야심이나 욕심이 그전과는 매우 달라졌다. 지금 나의 심경은 시를 잃더라도 나의 기독교적 구원의 욕망과 신념은 결코 놓칠 수 없고 변할 수 없다.[44]

위의 산문에서 김현승은 자신의 詩材가 하나님으로 받은 재능이기 때문에 세상적인 목적을 위해서 사용하기보다는 하나님을 위해서 사용되어야 한다는 것을 깨닫는다. 기독교에서 실존적 고독의 세계로, 다시 그의 실존적 경험은 기독교 시로 자리를 바꾼 것이다. 그의 이와 같은 종교적 체험은 새로 태어나기 위해 시험하고 연단을 주고 더 높은 경지에 이르게 되는 종교적 재생으로 형상화된다. 이후로 그의 시 작업은 미학적 詩作으로부터 오로지 종교적 시작으로 전환된다. 1973년 3월 고혈압으로 쓰러져 1975년 4월 타계하기 전까지 발표한 작품의 총수는 29편이다. 이 중 기독교적인 바탕 위에서 쓰인 시의 빈도수는 전까지 발표한 4권의 시집에서 기독교 시가 차지하는 비율은 현격한 차이를 보이고 있다. 시집별로 기독교 시, 기독교적 사상을 바탕에 두고 방황하는 시를 분석해 보면 다음과 같다.

『옹호자의 노래』: 기독교 시 13편, 탈기독교 시 3편
『견고한 고독』: 기독교 시 3편, 탈기독교 시 9편

---

44) 김현승, 「나의 생애와 확신」, 『전집 2』, p.288.

『절대 고독』: 기독교 시 3편, 탈기독교 시 11편
『날개』: 기독교 시 5편, 탈기독교 시 2편
『마지막 지상에서』: 기독교 시 17편, 탈기독교 시 없음.

　『옹호자의 노래』와 같은 초기 시집은 기독교 시가 많은
데 비해 『견고한 고독』과 『절대 고독』과 같은 중기 시집에
서는 탈기독교적인 시가 더 많고, 후반 『날개』와 『마지막
지상에서』에서는 기독교 시가 더 많은 비율을 차지하고 있
다. 마지막 시집에서 현저하게 기독교 시가 늘었음을 알 수
있다.
　김현승의 기독교 시관은 시 「감사」를 보면 잘 나타나 있다.

　　　감사는/곧/믿음이다./…… 중략 ……/사랑은 받는 것만이 아
　　　닌/사랑은 오히려 드리고 바친다.//몸에 지니인/가장 소중한
　　　것으로-//과부는/과부의 엽전 한 푼으로,/부자는/부자의 많은
　　　보석으로//그리고 나는 나의/서툴고 무딘 訥辯의 詩로 ……
　　　　　　　　　　　　　　　　　　　　　　　　-「감사」 중에서

　김현승은 감사하는 것이 곧 믿음이며, 몸에 지닌 가장
소중한 것을 드리는 것이 신에 대한 사랑이라고 한다. 그에
대한 예로서 성경 누가복음 21장 "예수께서 눈을 들어 부
자들이 연보궤에 헌금 넣는 것을 보시고 또 어떤 가난한
과부의 두 렙돈[45] 넣는 것을 보시고 가라사대 내가 참으로

──────────
45) 예수 시대 금전의 단위.

너희에게 말하노니 이 가난한 과부가 모든 사람보다 많이 넣었도다. 저들은 그 풍족한 중에서 헌금을 넣었거니와 이 과부는 그 구차한 중에서 자기의 있는바 생활비 전부를 넣었느니라 하시니라."를 인용한다. 이 예화는 양과 질의 문제에 있어서 질이 더 중요하다는 것에 비중을 둔 말씀이나, 김현승은 과부의 두 엽전과 부자의 보석도 같은 무게를 가지고 다룬다. 두 사람 다 가지고 있는 소중한 것으로 드렸다는 해석이다. 그리고 자신의 가지고 있는 가장 소중한 것은 시를 쓰는 것이니 시로써 자신의 감사하는 마음을 드리겠다고 고백한다.

1) 어두움과 눈물의 신성성

(1) 어두움과 신의 동일시

관습적 상징에서 신은 태양과 하늘과 빛 등의 밝음 이미지로 나타나는데, 김현승은 신을 '어두움'으로 나타낸다.

> 어둠 속에/보석들의 광채를 길이 담아 두시는/밤과 같은 당신.
> 오오, 누구이오니까!
> — 「이별에게」 중에서

이 어둠이 내게 와서/나의 옷과 몸을 가리우고/내 영혼의 여
윈 얼굴을 비춰주도다./…… 중략 ……/이 어둠이 내게 와서/
싸우던 나의 칼날 나의 방패에 빛을 빼앗고,//그 이슬 아래 그
눈물 아래/녹슬게 하도다./이 어둠이 내게 와서/나의 착함 나
의 옳음을 벌거벗기고,/그 깊은 품속에 부끄러이 안아 주도다.
- 「이 어둠이 내게 와서」 중에서

「이 어둠이 내게 와서」는 1967년에 쓰였지만 후기 시집
『마지막 지상에서』에 수록되어 있다. 김현승은 신을 밤과
같은 당신, 나를 품에 안아 주는 어둠과 동일화시킨다. 김
현승은 어둠이 가지고 있는 관습적 상징을 버린다. "이 어
둠이 내게 와서 …… 가장 희미한 얼굴들을 별과 같이 또
렷하게 하도다."라고 어둠은 더 멀리 보게 하고, 더 멀리
듣게 한다고 본다. 이와 같은 인식은 "밝음의 이쪽보다/어
둠의 저쪽에/귀를 기울인다."(「전환」)고 어둠을 지향하는 의
지로 나타난다. 김현승은 어둠의 저쪽을 신의 세계로 제시
하는 것이다.

노래하지 않고/노래할 것을/더 생각하는 빛.//눈을 뜨지 않고/
눈을 고요히 감고 있는/빛.//꽃들의 이름을 일일이 묻지 않고/
꽃마다 품 안에 받아들이는/빛.//사랑하기보다/사랑을 간직하
며,/허물을 묻지 않고/허물을 가리워 주는/빛.//모든 빛과 빛들
이/반짝이다 지치면,/숨기어 편히 쉬게 하는 빛.//그러나 붉음
보다도 더 붉고/아픔보다도 더 아픈,/빛을 넘어/빛에 닿은/단
하나의 빛
- 「검은 빛」 전문

위 시에서 빛의 의미 해석은 사유하는 빛→품에 간직하는 빛→가려 주는 빛→철학적인 빛으로, 점차 행동 범위가 확대된다. 사유하는 빛은 '노래하는 것보다 노래할 것을 생각하고, 눈을 뜨지 않고 눈을 고요히 감고 있는' 빛이며, 간직하는 빛은 '사랑을 간직하며' '꽃마다 품 안에 받아들이는' 빛이며, 가려 주는 빛은 '허물을 가려 주고' '반짝이는 별들이 지치면 쉬게 하여 주는' 빛이며, 철학적인 빛은 '붉음보다 더 붉고 아픔보다 더 아프며' '빛을 넘어서서 빛에 닿은 단 하나의 빛'이 '검은 빛'이다. 빛의 의미는 점점 더 크게 궁극적으로 정신적인 영역으로 확대된다. 위 김현승은 빛을 의인화하며, 이로부터 신성의 의미를 추출해 낸다. 극과 극의 극단성을 띤 강한 시어 검은 빛은 제목 자체부터가 역설적이다. 이 역설적 사고는 기독교의 사유 방식에 근거한다. 성경은 '죽음으로써 다시 살아날 수 있으며' '진리가 너희를 자유케 하리라.'라고 하며 죽음은 시작이며 구속은 곧 자유라고 말한다. 이와 같은 역설은 선과 악, 어둠과 빛, 육신과 정신, 죽음과 영원 사이에서 갈등하는 신앙인의 고민을 보여 준다. '검은'과 '빛'이라는 역설적 병렬 관계는 하나의 의미에 다른 의미가 부가적으로 기여하여, 대칭적 언어의 대립에 의하여 새로운 의미를 드러낸다. 결국 대립적 두 단어를 변증법적으로 통합하여 새로운 가치를 추구하는 것이다. 즉, 검은 빛이 가지는 새로운 의미는 원래의 빛이 가지고 있는 절대적인 의미를 넘어서는, 그러나 빛이 가지고 있는 결점(감싸 주기보다는 드러낸다는)을 보완하는 새로운 신의 속성을 지닌 빛으로 형상화한다.

신에 대한 시적 형상화가 '검은 빛'으로 드러난다면, 시적 주체는 검은 빛을 사유의 전환으로 표현한다. 어두움과 검은 빛에 대한 긍정적인 사고방식은 '모든 빛깔에 지친/너의 검은 빛 – 통일의 빛으로'와 같은 어떤 현란한 빛보다도 의미 있는 통일의 빛으로 해석하는 데까지 이르며 "그늘/밝음을 너는 이렇게도 말하는구나."(「5월의 환희」)고 그늘에 대해서도 동일한 해석을 보인다.

김현승의 상징이 비관습적인 까닭은, "텍스트가 위계상 천상 빛에 가까우면 가까울수록 그 안에서 의미는 더욱 확연해지고 그 표현도 직접적이고 비관례적이 된다. 텍스트가 우주 위계질서의 계단상 진리의 근원으로부터 멀어지면 멀어질수록 진리의 방향은 희미해지고 표현과 내용의 관계도 관례적"이[46] 되기 때문이다. 위계상 가장 위쪽에 위치하는 신 이미지는 의미가 확연하기 때문에 신에 대해 시적 주체가 인식하는 대로 이미지가 형성된다. 김현승에게 어두움은 따뜻함과 투시, 사랑의 속성으로 인식되기 때문에 거룩한 신성도 어두움으로 나타나는 것이다.

---

46) 유리로뜨만 외, 앞의 책, p.19.

(2) 슬픔과 눈물의 신 이미지

박두진은 부성적 신성과 고독한 예수로, 박목월은 모성적 신성과 자애로운 신으로 인식하였으나, 김현승은 신성을 슬픔으로 해석하고 눈물의 신성, 슬픈 아버지로서의 신 인식을 드러낸다.

> 나의 육체와 찔레나무의 그늘을 만드신/당신은./보이지 않으나 나에게는 아름다운 詩人……//내 눈물의 밤이슬과/내 이웃들의 머금은 미소와/저 슬픈 미망인들의 눈동자를 만드신/당신은./우리보다 먼저 오시어 詩로써 地上을 윤택하게 하신 이.//당신의 그 사랑과/당신의 그 슬픔과/그 보이지 않는 당신의 아름다운 얼굴에/나도 이제는 어렴풋이나마 肉體를 입혀/어루만지듯 나의 노래를 부릅니다.
>
> -「肉體」 전문

김현승은 산문에서 예수의 말은 모두가 구체적이며 시적이라[47]고 말한다. 그래서 그리스도는 우리보다 먼저 오시어 시로써 지상을 윤택하게 만든, 사랑과 슬픔을 지닌 시인이다. 내 눈물의 밤이슬, 머금은 미소, 슬픈 미망인의 눈동자는 그리스도가 만드신 것이며 슬픈 예수의 상은 슬픈 아버지 상과도 연관된다. 「슬픈 아버지」, 「슬퍼하지 않는 것

---

47) 김현승, 「시였던 예수의 언행」, 『현대문학』, 1968, p.3.
   이운용 편, 『김현승평전』, 문학 세계사, 1984, p96.

은」에서도 '아버지'와 '슬픔'을 연관시키고 있다. 왜 슬픈 아버지의 이미지를 지니는가. 그 자신이 눈물의 시인이었던 만큼 눈물에 대한 인식이 남달랐으며, 태어날 곳이 없어서 버림받았으며, 온 인류에게 버림받고, 마지막에는 신에게까지 버림받았던 그리스도의 슬픔에 대한 깊은 이해가 있었기 때문이다. 후기 시에서는 슬픔, 눈물과 같은 물 이미지는 "깊고 어진 사람의 성품과 같이 언제나 누구에게나 풍성히 솟는"(「샘물」) 샘물로서 목마르지 않는 생수를 주는 시혜자가 된다.

그 외에 김현승의 시에 묘사된 하나님의 이미지는 성경적 이미지에서 크게 벗어나 있지 않다. "인간은 만들어졌다 무엇 하나 이 우리들의 의지 아닌(「인간은 고독하다」), 당신이 지으시고 선히 여겨 그 안에 거하시는 빛나는 성좌 …… 창조 자비 전능의 신(「1960년의 연가」), 그이는 대답이시다(「나의 한계」), 목숨의 바다 당신의 넓은 품(「신년 기원」), 역사를 깎고 만드는 그분(「武器의 노래」), 신은 무한히 넘치어/내 작은 눈에는 들일 수 없고(「고독의 끝」)"에서 보는 바와 같이 창조의 신, 하늘에 계신 신, 전능의 신, 인간의 지혜로는 이해할 수 없는 신, 생명을 주관하는 신, 역사의 주관자로서의 신, 광대한 신 등 목사의 아들로서 체득하였던 보편적인 신관을 형상화시키고 있다.

2) 가벼움과 무거움의 대립

(1) 무게 의식의 표상

① 흐린 하늘

자연에는 부정적인 요소와 긍정적인 요소가 있는데 부정적 요소는 일몰, 어스름, 안개, 비, 눈, 추위, 어둠, 강력한 바람, 심연이며, 긍정적인 요소는 태양, 햇빛, 새벽노을, 넓은 강, 섬, 녹지, 깨끗한 공기, 광활, 하늘, 신선한 바람[48]이다. 이와 같은 분류는 김현승 시의 자연관에 그대로 드러난다. 김현승은 신앙을 지향하는 삶과, 신앙을 지향함에도 불구하고 벗어나지 못하는 지상의 고뇌적 삶 사이에서 갈등하였는데 이는 자연이 부정적 또는 긍정적 의미를 공유하는 것으로 드러난다. 이같이 한 이미지의 상반된 인식은 그의 산문에서 단서를 발견할 수 있다.

대한 지옥에서 굳은 어둠 속에 하반신을 파묻고 끝없는 형벌을 받고 있는 저 르시페의 운명 같은 것이다. 나의 형이하의 생활은 이 냉혹한 현실에 부착되어 옴짝할 수도 없으면서도 언제나 형이상의 반신만은 무엇인가 미련을 놓지 못하고 공상과 같은 이미지를 붙잡으려 한다.[49]

---

48) 유리로뜨만 외, 앞의 책, p.107.

형이상과 형이하의 갈등은 정신이 지향하는 세계와 현실 사이의 갈등이며, 이 갈등의 시작은 신의 문제에 있어서는, 신을 떠나고자 하는 지상적 의식과, 신을 떠나서는 안 된다는 기독교적 의식 사이의 갈등에서 연유된다. 때문에 기독교 시와 반기독교 시, 회의의 시와 기독교 시가 같은 이미지를 공유할 수 없는 것이며 한 사물에 대한 이미지가 극단의 성격을 지니고 형상화되는 섯이다. 이와 같은 삶에서 잉태된 마르고 단단한 영혼의 시는 고뇌의 그림자를 가지고 있다. 위로는 자신의 신앙에 대한 고민, 아래로는 지상의 것들과 시에 대한 연민이 강하게 드러난다. 이 두 공간 사이에서 고민하였던 김현승은 먼저 하늘을 무게로 인식한다.

> 저 무섭고/키 작은 별 없는 공중에/옛 靑銅과 같이 녹슬어 걸려 있는/저것은 바람을 타고 사랑의 언덕을 넘던/이 겨울 우리들 영혼의 지겨운 쪽지이다.
> — 「아벨의 노래」 중에서

> 나는 보았다./무거운 공중에 걸려 있는/슬프게도 커다란 쪽지를
> — 「사탄의 얼굴」 중에서

공중은 무섭고, 키가 작고, 별조차 없다. 가인은 동생 아벨을 죽인 인류 최초의 살인자이기 때문에 그에게 하늘이

---

49) 김현승, 「시인으로서의 '나'에 대하여」, 『김현승 전집, 산문』, 시인사, 1985, p.287.

잿빛 하늘로 광채도 없는 하늘로 비춰지는 것은 당연한 자기 인식이다. 신을 떠난 김현승의 의식은 하늘을 무겁게 느낀다. "어두운 허공, 빈 하늘가(「어리석은 갈대」), 빈 하늘만이 나의 천국으로 거기 남아 있다.(「완전 겨울」), 찬 하늘, 차가운 하늘(「시의 겨울」), 거친 발톱으로 하늘가에 호올로 앉아(「나의 독수리는」)"에서 하늘은 무게를 가지고 있다. 김현승 시의 대부분을 차지하는 어두운 하늘, 빈 하늘, 차가운 하늘, 무거운 하늘, 저무는 하늘 이미지는 하강적 상상력을 보여 준다. 하늘 이미지뿐만이 아니라 김현승의 기독교 시는 무거움에 대한 집착이 강한데 이는 그의 삶의 무게에 비례한다. 그는 자신을 납처럼 무겁게 느끼(「鉛」)고 있기 때문이다.

날개는 정신과 상상력과 사고를 상징하며, 기독교에서는 정의를 표상하는 태양의 빛으로 인식하며, 날개가 움직인다는 것은 광명 속의 진보, 혹은 정신적 진화의 가능성을 표현하는 계몽성과 결합된다.[50] 김현승 시에 날개는 하늘나라로 가는 매개로서의 의미와, 청동과 같이 녹슬어 날 수 없는 날개로 구분된다. 하늘나라로 올라가는 날개는 '날개'이지만, 무거워 날 수 없는 날개는 '쭉지'이다.

---

50) 이승훈, 앞의 책, p.93~94.

바람에 실려 네 품 안으로 가던/꿈의 쪽지들도 청동과 같이
녹슬어/무거운 공중에 걸리고 만다.

　　　　　　　　　　　　　　　　　　　　　　　－「병」 중에서

나는 보았다./무거운 공중에 걸려 있는/슬프게도 커다란 쪽지
를./靑銅과 같이 녹슬어 무겁게 걸려 있는/하늘의 푸른 쪽지를
　　　　　　　　　　　　　　　　　　　　　　－「사탄의 얼굴」 중에서

저 무섭고/키 작은 별 없는 공중에/옛 靑銅과 같이 녹슬어 걸
려 있는/서것은 바람을 타고 사랑의 언덕을 넘던/이 겨울 우
리들의 지겨운 쪽지다.

　　　　　　　　　　　　　　　　　　　　　　－「아벨의 노래」 중에서

　날개는 청동같이 녹슬어 버려 날기를 이미 포기한 상태
이다. 초월을 지향하나 마음대로 날 수 없는 구속성과 제한
성이 무게로 인식하게 한다. 날개와 쪽지는 어감부터 상반
된다. '날개'는 발음에서 연구개음과 양성모음의 조화로 가
벼움을 느낄 수 있으며, '쪽지'는 파찰음과 음성 모음의 조
화로 무거움을 느끼게 한다. '쪽지'는 '죽지'의 방언으로서
죽지는 새의 날개가 몸에 붙은 부분[51)]으로 '낢'의 기능은
퇴화된 부분으로 정신의 구속성을 드러낸다. 청동은 광물질
로서 무겁고 병이 들어도 몸이 무겁다. 사탄 역시 그 죄로
인하여 무거운 존재이다. 이곳의 삶에서 저곳으로의 비행을
꿈꾸어 보지만 무게가 무거워 불가능하다.

---

51) 이숭녕 외, 『국어대사전』, 교육도서, 1990, 1875.

김현승이 신앙적으로 부정적이지 않는 시들의 계절 공간
은 주로 가을이지만, 신에 대한 회의적인 시들은 주로 겨울
이다. 김현승의 시는 '가을'과 연관된 시가 많다. 제목만
보아도 「가을이 오는 시간」, 「가을의 立像」, 「가을의 祈禱」,
「가을의 詩」, 「가을의 鋪道」, 「가을은 눈의 계절」, 「가을
의 香氣」, 「가을의 素描」, 「가을 넥타이」(以上 『옹호자의
노래』), 「가을 비」, 「가을이 오는 달」, 「가을 저녁」, 「가을
의 碑銘」(이상 『견고한 고독』), 「가을이 아직 오지 않지만」,
「가을」, 「가을에 월남에서 온 편지」, 「가을 치마」, 「낙엽
이후」(이상 『날개』), 「晩秋의 시」(이상 『마지막 지상에서』)
이고, 반면 겨울과 관련된 제목은 「쓸쓸한 겨울이 올 때
당신들은」(이상 『새벽 교실』), 「신설」, 「겨울방학」(이상 『옹
호자의 노래』), 「겨울 까마귀」, 「겨우살이」, 「겨울의 입구
에서」, 「크리스마스와 우리 집」, 「겨울 나그네」, 「解氷期」,
「시의 겨울」(이상 『견고한 고독』), 「完全겨울」, 「新年頌」,
「겨울 室內樂」(이상 『절대 고독』), 「겨울 寶石」, 「新年祈
願」(이상 『날개』), 「울려라 탄일종」, 「1年의 門을 열며」, 「크
리스마스의 모성애」, 「초겨울 鋪道에서」, 「元旦의 地平線
에 서서」(이상 『마지막 지상에서』)이다.

이를 보면 신앙에 대해 회의적인 시기에는 겨울에 관한
시가 많음을 제목만으로도 알 수 있다. 후기 시집인 『마지
막 지상에서』에는 신년에 대한 활기찬 시와 성탄절에 대한

시가 많기 때문에 겨울에 관한 시가 많은 것을 예외로 하면, 신에 대해 회의하는 시기는 '무덤', '검은색', '겨울'이 주를 이루고 있으며, 신앙의 회복기에는 '하늘', '맑음', '가을'의 이미지가 주를 이루고 있다. 김현승 시에서 가을과 겨울은 상반된 이미지를 드러낸다. 결국, 겨울은 신을 떠나 정신적 겨울을 맞은 시적 주체의 내면세계를 보여 준다.

후반기 기독교 시의 하늘은 긍정적 이미지로 형상화된다. "맑은 언덕 위에서 따스한 잔디밭에 누워 성서의 여백을 보듯 진종일 먼 창공을 보던 그 시간도 가을이었다."[52]에서 고백하는 것처럼 김현승에게 가을 하늘은 신성하고 깨끗하다.

> 가을에는/기도하게 하소서 ……/…… 중략 ……/가을에는/사랑하게 하소서 ……//…… 중략 ……/가을에는/호올로 있게 하소서
>
> -「가을의 祈禱」중에서

가을은 기도하는, 사랑하는, 홀로 있는 계절이다. 여름의 무성함과 소란함을 떠나, 가을에는 홀로 정신과 고요의 영역에 침잠하기를 구한다. 김현승은 "가을은 이별에 알맞은 계절이고 이별은 만남보다 때로는 얼마나 사랑을 깨끗하게 만들고 새롭게 만드는지 모른다. 추억이야말로 가을의 특질

---

52) 김현승, 「가을의 사색」, 『김현승 산문집』, 지식산업사, 1977, p.84.

을 이루는 중요한 소재일 것이다."53) "외로움이 있는 곳에 가을마다 기도도 있었고 그 기도에 리듬을 붙이면 시가 되었다."54)고 한다. 가을을 이별의 계절이다. 만남보다는 헤어짐이 더 인간을 깨끗하게 한다는 것이다. 가을은 종교적인 계절이기에 육체적인 것과 지상적인 것의 헛됨을 깨닫게 한다. 결국, 가을은 육체에서 정신으로 변화하는 계절이다.

아래 시 「원단의 지평선에 서서」의 하늘은 '신의 영역'으로서의 하늘이다. 주기도문의 '하늘에 계신 우리 아버지'에서 보듯이 하늘 공간의 초월적 상징은 그 무한한 높이의 인식으로부터 생긴 것이다. '가장 높음'은 당연히 신의 속성이기 때문이다.

> 눈부신 불꽃을/희망과/사랑과/심장에 꽂아/불쑥 올려놓은/저 넓은 하늘과
>
> － 「元旦의 地平線에 서서」 중에서

'눈부신 불꽃'과 '희망과 사랑', '불쑥 올려놓은'과 같은 표현은 무거운, 빈, 차가운 하늘과는 상반되는 의미이다. 회심의 정신 영역이 따뜻함과 신에의 지향으로 가득 차 있는 것처럼, 신의 세계를 떠나 있었던 김현승이 신앙의 세계로 돌아온 후 하늘은 정신세계와 맞닿아 있다.

---

53) 김현승, 「가을에 생각나는 시들」, 『전집, 2』, p.437.
54) 김현승, 「초가을」, 위의 책, p.415.

② 깨어진 종소리

종은 하늘과 땅 사이를 잇는 모든 사물들이 암시하는 신비한 의미를 가지고 있으며 둥근 천장의 모양은 하늘의 세계를 상징[55]한다. 그러나 김현승은 종소리를 신비하기보다는 현실적이며, 하늘의 세계이기보다는 깨어진 예언의 종소리로 묘사한다. 종소리는 깨어져 멀리까지 퍼져 가지 못하여 가라앉는다.

> 그리하여 청각의 모든 세계를 넘어/그렇게도 멀리 설레이던/예언의 종소리도,/멍들고 깨어져 여기서는 더 울려 나갈 피와 모래도 없는가.
> 　　　　　　　　　　　　　　 －「시인의 산하」 중에서

> 예언의 종소리도 예까지 오면/쇳덩이로/깨어져 버리고
> 　　　　　　　　　　　　　　 －「사탄의 얼굴」 중에서

예언의 종소리는 청각의 세계를 넘어서서 멀리 가슴을 설레게 하던 종소리이다. 그러나 종소리는 더 울려 가지 못하며, 멍들고 깨어지며, 예언의 종소리도 쇳덩이처럼 깨어져 버린다. 종소리는 소리가 아니라 쇳덩어리라는 물질화된 사물로 치환된다.「자유의 양식」에서 "눈을 감고/저 깃발들의 물결을 바라보며/저 퍼지는 종소리들에 귀를 막으며/가

---

55) 이승훈, 앞의 책, p.434.

장 외롭게 자유를 얻는다./우리는 자유의 벙어리가 된다."
고 신성의 종소리인 신의 음성에 귀를 닫아 버린다.

　그러나 신앙의 시들에서 종소리는 멀리까지 퍼져 나가는
신성의 소리가 난다. 초기 기독교적 사유로 지어진 시 「가
을의 詩」에서 종소리는 "이제 많은 사람들이 새 술을 빚어
/깊은 지하실에 묻을 시간이 오면,/나는 저녁 종소리와 같
이 호올로 물러가/나는 내가 사랑하는 마른 풀의 향기를
마실 것입니다."고 종소리는 부드러움과 따뜻함, 안식의 의
미이다. 생에 대한 쓸쓸하고 건조한 인식은 저녁 종소리에
서 삶을 사는 인간들을 바라보는 시적 주체의 고적한 모습
을 환기시키면서 내면의 모습을 드러낸다. 사르트르는 향기
는 분명 자기 자신 속에 남아 있으면서 날아가는 정신으로
바뀌었고 기화되었으며 육체라는 껍데기가 없는 육체이며,
향기는 언제나 다른 곳으로 가고 싶은 욕망을 가지고 있
다[56]고 한다.

　　울려라 탄일종!/…… 중략 ……/아니 그보다도 아름답게 울려
　　라!/원수를 향하여 힘 있게 처든/異邦의 칼날 위에,/저들의 피
　　묻은 방패 위에,/평화의 리듬으로 고요한 리듬으로/울려라! 사
　　랑과 자비의 위대한 이름으로/아름답게 아름답게 울려 퍼지라.
　　　　　　　　　　　　　　　　　　　　　 -「울려라 탄일종」 중에서

---

56) J. 리샤르, 『시와 깊이』, 윤영애 역, 민음사, 1984, p.115.

위 시에서 종소리는 그리스도의 사자가 예언하는 소리이다. 그의 정신적인 방황이 끝났음을 알려 준다. 탄일종 즉, 성탄절의 종소리는 아름답게 울리며, 평화가 없는 곳에 평화의 리듬으로, 사랑과 자비가 없는 곳에 사랑과 자비의 이름으로 울려 퍼져 나아간다. 시 「크리스마스의 母性愛」에서는 "별도 빛나고/종소리와 노래 소리도 아름다운"이라고 별 역시 빛이 나며 종소리도 아름답다고 묘사한다.

김현승은 사라지는 종소리, 사라지는 햇빛, 사라져 가는 계절, 사라져 가는 삶 등 사라져 가는 것들을 표현한다. 이들은 겨우 존재하는 것들로 무거움, 낙하의 이미지를 공유한다. 날개, 눈물, 종소리, 낙엽은 공중으로 혹은 땅으로 사라지는 것들이며, 시적 주체는 이것들 가운데서 겨우 존재의 의미를 확인한다. 사라지는 것과 지금 여기 현존재의 사이에는 시적 주체의 정신적 방황과 고독이 위치한다.

결국 종소리는 시적 주체가 무겁고 죄로 인해 고통을 받을 때는 울려 나가지 못하며, 예언의 외침도 사람들에게 귀막음을 당하는 부정적 종소리이며, 시적 주체가 죄를 회개하고 신의 영역으로 돌아오면 종소리는 본래 가지고 있는 의미대로 나타난다.

③ 시간에 나타난 무게 의식

김현승은 내일을 긍정적으로 바라본다.

나의 잔에는/千年의 어제보다 明日의 하루를/넘치게 하라.//내일
은 언제나 내게는 축제의 날, 꽃이 없으면 웃음을 들고 가더래도
......

-「來日」 전문

위 시에서 시적 주체의 미래지향 의식은 과거 천년의 중
요성보다는 내일 하루를 더 중요시하며 내일은 희망의 날
이며 축제의 날로 제시된다. 때문에 무겁게 가진 것이 없어
도 가벼운 웃음 하나로도 살아갈 수 있다. "시는 순간의 장
르이기 때문에 서정시의 본질적 시제는 현재이다."[57]라고
한다. 김현승의 시는 현재를 지향하며 수많은 현재에 대한
신뢰가 모여서 미래에 대한 신뢰로 이어진다.

사람들은 언제나 죽음을 두려워하면서 시간의 경계 밖에
놓인 영원의 존재를 믿고 싶어[58]한다. 그리고 영원은 평화
와 휴식과 안정의 상태[59]이다. "영원의 맨 끝, 내게서 끝나
는 아름다운 영원, 더 나아갈 수 없는 나의 손끝"(「절대 고
독」)과 같은 영원과 끝의 대비를 통해, 김현승은 끝이 새로

---

57) 김준오, 『시론』, 삼지원, 1994, p.35.
58) 유리로뜨만 외, 앞의 책, p.174.
59) 엘리아데, 『성서와 문학』, p.122.

운 시작이라는 역설적 시간관을 보여 준다. 역설의 시적 형상화인 '내게서 끝나는 아름다운 영원'과 '영원의 머리가 꼬리를 붙잡고 돌면서 돌면서 다시 태어난다.'와 같은 순환적 시간관의 변증적 인식을 보여 준다. 부정하고자 하나 그 부정은 긍정적 가치의 바탕을 이루는 것이다.

> 그러나 보르리라./흙 속에 별처럼 묻혀 있기에 너무도 아득하여/영원의 머리는 꼬리를 붙잡고/영원의 꼬리는 또 그 머리를 붙잡으며/돌면서 돌면서 다시금 태어난다.
>
> —「고독의 純金」 중에서

위 시는 「절대 고독」(68년 12월)보다 1년 후에 쓰인 작품으로 순환적 시간관을 보여 준다. 기독교적 시간관은 창조와 종말이라는 시간과 공간의 확실한 시작과 끝을 강조하는 단선적 시간관인데, 때로는 백배로 태어나기 위해 죽어야만 하는 밀알의 예와, 그리스도의 죽음과 같은 사실에서 순환적 시간관을 보여 준다. 그리스도의 죽음이 있어야 부활이 있으며, 밀알이 땅에 떨어져야 열매를 맺기 때문이다. 순환적 시간[60]은 개인으로 하여금 과거나 미래 없이 영원한 지금이라는 차원 안에서 살도록 해 주며 이는 김현승의 현재 지향 의식으로 드러난다.

김현승은 초기 시에서 시간을 무게로 인식한다.

---

60) 한스 메이어 호프, 앞의 책, p.95.

하루는 백 년보다도 길게 땅거미로 물들지만/나는 목발로 걸
어가며 내 발을 잃는다.

- 「四行詩」 중에서

몹시 쇠약해진 의식은 하루라는 기간을 백 년보다도 길
게 인식한다. 의식은 백 년과 하루를 비교할 수 없으며 이
상태 속에서 의식 운동은 마비된다. 시간은 시적 주체의 고
뇌의 무게를 견디지 못하고 해체되고 마는 것이다. 그러나
신앙 회복기 시는 똑같이 목발로 걸어가는 시간이지만 "나
는 목발로 걸어가며/나의 하루는 천 년이 아닌/정확한 하루
다!/정확한 스물네 시간/나는 목발로 나의 가슴을 밟고 간
다."(「近況」)고 정확하게 시간을 인식한다. 앞의 시에서 하
루는 백 년보다 길게 표현하였으나 이 시에서 천 년이 아
닌 정확한 하루로 인식하고 있는 것이다.

김현승의 시간은 초반에는 미래에 대한 낙관적인 의식에
서 시작하여, 중반에는 무게로 인식하며 시간 해체의 경향
을 보였다. 그리고 후반에 와서는 다시 건강한 시간으로 회
복된다. 이것은 시간의 주관자가 신이며 미래의 시간은 신
의 영역이라는 것을 고백하는 신앙적 인식에서 연유된 변
화이다.

(2) 흐림과 소멸의 빛 이미지

하늘의 이미지가 보편적 이미지가 아니었던 것처럼, 태양과 별빛도 회의기에는 광채를 잃은 빛으로 형상화된다. 빛은 타지 못하고, 밝히지 못하고, 스러지고 만다. 소멸하는 빛 이미지들은 사탄의 형상화로 나타난다. 사탄과 연관되면 종소리는 깨지고, 날개는 녹슬고, 별은 광채를 잃고 흐릿해진다. 또한 시적 주체의 갈등과 고민도 흐린 별빛과 햇빛으로 드러난다.

> 하루 종일 비취는 햇볕이/내게는 태양이 되지 못한다.
>   -「평범한 하루」중에서

> 흐릿한 별빛을/불타는 혀로/까마득히 핥으며
>   -「사탄의 얼굴」중에서

햇빛은 태양이 되지 못한다. 태양은 비추며, 따뜻하며, 힘을 상징하며, 모든 인류에게 골고루 공평하게 쪼인다는 것에서 멀어져 있다. 이와 같은 자아 정체에 대한 소외의식은 시적 주체에 대한 인식에 있어서 부재 의식(「부재」)으로 이어진다. 빛을 상실한 빛은 굳음, 막힘, 닫힘, 소멸성, 불모성을 지닌다. 별은 "하늘과 멀리 뜨는 별들마저/愁雨에 부슬부슬 떨어질게다."(「가을의 소묘」)라고 떨어지는 별이 된다.

신앙을 버리기 전의 시와 신앙을 회복한 후의 빛은 일상
적이다.

> 너는 충만하다. 너는 그리고 어디서나 원만하다./너의 힘이 미
> 치는 데까지 ……//나의 눈과 같이 작은 하늘에서는/너의 영
> 광은 언제나 넘치어 흐르는구나//나의 품 안에서는 다정하고
> 뜨겁게/거리 저편에서는 찬란하고 아름답게//더욱 멀리서는
> 더욱 견고하고 총명하게./그러나 아직은 냉각되지 않은.//아직
> 은 주검으로 굳어져 버리지 않은./너는 누구의 燃燒하는 생명
> 인가/너는 아직 살고 있는 신에 가장 가깝다.
>
> — 「빛」 중에서

위 시에서 빛은 충만하며, 원만하며, 넘치어 흐르며, 다
정하며, 뜨거우며, 찬란하고 아름다우며, 견고하고, 총명하
다. 빛은 인색하지 않고 충분히 넘치어 흘러서 모두에게 골
고루 그 혜택을 주는 살아 있는 신에 가깝다. 빛의 신격화
는 "주여, 이 맑은 아침/내 마른 떡 위에 손을 얹으시는/고
요한 햇살이여"(「아침 식사」)와 같은 시에서 아침 식사의
기도시간에 빛으로 손 위에 임하는 절대자로 나타난다.

광채를 잃은, 추락하는 별에서 벗어난 살아 있는 별은
"어둠 속에/어둠 속에/보석들의 광채를 길이 담아 두시는"
(「離別에게」)과 같이 보석으로 형상화된다. 어머니이신 대
지의 품속에서 성숙하며 천체의 영향 아래 형성된 광물들
은 모태 속에서 인식 그 자체를 표현하는 광물의 빛이다.

황금의 완벽함에 이르기까지 질적 성장을 하는 태아로 간
주되었다[61]면 김현승 시에서는 보석이라는 정신적 사물로
형상화된다.

3) 불모와 황폐의 현실적 상상력

(1) 현실 인식과 칼 이미지

김현승은 현실에 대한 참여 의식과 현실에 대한 포용 의
식을 공유한, 현실에 대한 참여 의식은 주로 칼 이미지와
동반되어, 현실에 대한 포용 의식은 이웃이나 인간에 대한
긍정으로 나타난다. 칼은 무기이며 무기는 정복적인 남성다
움을 상징한다. 칼은 부정한 것, 악한 것과 투쟁할 때, 기
사도의 이상을 실현하는 도구가 될 때 긍정적인 것이며 평
화 수호와 정의를 확신할 때 신의 은총과 힘(정의 상징)을
상징하며, 때로 정신과 동일시된다.[62] 칼은 후기 시에서 이
슬과 사랑 앞에 녹슬지만 고독의 시기에서는 이슬과 사랑
에도 녹슬지 않으며 신에 대한 항거를 드러낸다.

---

61) 뤽 브느와, 『징표 상징 신화』, 윤정선 역, 탐구당, 1984, p.24.
62) 아지자 외, 앞의 책, pp.166~210 참조.

결정된 빛의 눈물./그 이슬과 사랑에도 녹슬지 않는/견고한 칼
날-발 딛지 않는/피와 살

-「견고한 고독」 중에서

모든 우리의 무형한 것들이 허물어지는 날/모든 그윽한 꽃향
기들이 해체되는 날/모든 신앙들이 입증의 칼날 위에 서는
날./나는 옹호자들을 노래하련다!

-「옹호자의 노래」 중에서

칼은 신에 대한 항거의 표시이기도 하고 사회 현실에 대
한 심판이 되기도 한다. 녹슬지 않고 견고하고 날카로운 칼
은 현실 참여의 한 방식이다. 김현승은 사회 정의에 대해서
"사회 정의란 …… 불완전한 인간의 보다 근원적인 생명의
문제를 비평하기 위하여 사회와 민족 나아가서 인류에 보
다 사려 깊고 보다 성실하게 개입하고 관여하는 문학이야
말로 진정한 의미의 참여 문학이라 할 수 있을 것[63]이다."
고 한다. 「옹호자의 노래」에서는 4·19의 혁명적 상황에
대해 시인이 지닌 태도를 직설적으로 보여 주고 있다. 김현
승은 문학의 사회 참여를 긍정적으로 인식하고 있으며 자
신도 신사 참배 문제로 교사직을 박탈당하기도 한다. 칼은 비
양심적 시대에서 사회적 이상 및 이상 세계의 실현이 된다.

김현승은 어려서부터 천국과 지옥이 있음을 배웠고 신이
언제나 인간의 행동을 내려다보고 인간은 언제나 신앙과

---

63) 김현승, 「참여 문학의 진의」, 『월간 문학』, 1970. 11월. p.148.

양심과 도덕을 지켜야 한다고 교육을 받았다. 그리고 그는 나이를 먹은 뒤에도 이 신앙과 양심과 도덕을 고대로 믿고 지키려고 노력[64]해 왔다. 그렇기 때문에 자신의 개인적 사회적 양심을 중요시할 때는 날카로운 칼이지만, 신 앞에 설 때는 신이 인간의 양심을 가르는 잣대가 된다. 녹슨 칼 이미지는 신의 사랑 아래 녹슬어 버린 날카로움이다.

> 이 어둠이 내게 와서/싸우던 나의 칼날 나의 방패에 빛을 빼앗고,/그 이슬 아래 그 눈물 아래/녹슬게 하도다.
> 　　　　　　　　　　　　　　　 -「이 어둠이 내게 와서」중에서

> 그러나 까마귀여,/녹슨 칼의 소리로 울어 다오./바람에 날리는 나의 재를/울어 다오.
> 　　　　　　　　　　　　　　　　　　　　 -「재」중에서

어두움은 싸우던 칼날과 방패에서 빛을 빼앗고, 이슬과 눈물 아래 녹슬게 한다. 신 앞에서 세상적인 날카로움은 녹슬고 마는 것이다. 녹슨 칼 이미지는 60년대부터 시작되어 왔다. '재'에서는 까마귀의 울음소리를 녹슨 칼의 소리로 인식한다. 자신의 죄를 회개하면서 칼은 녹슬어 버린다. 칼은 어두움의 이슬 아래서 녹슨다. 어두움과 이슬은 신의 사랑이다. 원수를 향하여 갈았던, 신을 향하여 세웠던, 사회와 문단을 향하여 세웠던 그의 강직함은 그의 대쪽과 같았

---

64) 이운용 편, 『지상에서의 마지막 고독』, 문학 세계사, 1984, p.70.

던 성격과 연관된다. 이것을 그는 결벽증이라고 표현한다. 이에 대해 김해성은 "그는 개성이 강하여 타협이 없을 만큼 돌 같고 대리석 같은 곧은 성품을 가졌으며 그의 개성이 강하다는 것은 시인에게 있어서는 자기의 시 정신이 그만큼 강하다는 의미"[65]라고 하였다. 후기 시에 나타나는 녹슨 칼은 그의 인간적인 의미로 노력하고자 했던 의식들이 결국은 신의 이슬 앞에서 녹슬고 마는 것이었음을 고백하는 상징체이다.

(2) 무덤 지향 의식

김현승은 앞의 두 시인에 광야를 지향하고, 하늘을 지향했던 것과는 다른 방향으로 초월한다. 두 시인이 인간과는 거리가 먼 곳으로의 초월이라면, 김현승은 인간을 포함한 초월이다. 즉 포함하는 초월로서 인간 세상과 땅을 향하고 있기 때문에 이 초월은 자리 옮김이 된다. 자리 옮김이란 신의 눈이 미치지 않는 곳으로의 이동이다.

무덤은 죽음의 세계로서 죽은 자의 거주 공간이기 때문에 산 자가 안주할 수 없다. 그러나 김현승은 비본질적이며 외적인 세계를 벗어나 정신적 공간을 지향하며 죽음의 세

---

65) 김해성, 『현대시인 연구』, 진명문화사, 1990, p.231.

계에서는 무덤으로 드러난다. 그리스도의 부활을 형상화하였을 때 무덤은 긍정항이지만 단절되었을 때는 부정항이 된다. 부정적 의미의 무덤은 현세적 자아의 정신적 불모성과 황폐성을 드러낸다.

김현승은 1964년 「제목」을 분수령으로 신에 대한 회의와 부정이 그의 의식을 지배하게 되었고, 무엇을 믿는다거나 누구에게 의지함이 없이 스스로의 세계를 이룩하게 되었다[66]고 한다. 이후로 무덤은 부정적으로 형상화된다.

> 나는 죽어서도 무덤 밖에 있을 것이다.
>
> — 「독신자」 중에서

> 무덤에 잠깐 들렀다가./내게 숨 막혀/바람도 따르지 않는/곳으로 떠나면서
>
> — 「고독의 끝」 중에서

> 무덤도 없는 곳에 재로 남아/나는 나를 무릅쓰고 호올로 엎드린다.
>
> — 「사행시」 중에서

> 어떻게 할 것인가./끝장을 볼 것인가./죽을 때 죽을 것인가.//
> 무덤에 들 것인가./무덤 밖에서 뒹굴 것인가.
>
> — 「제목」 중에서

시적 주체는 죽어서도 무덤 밖에 있을 것이라고, 무덤에

---

66) 조재훈, 「다형 김현승론」, 『숭전 어문학 5집』, 1976, p.170.

잠간 들르기는 하지만 숨이 막혀 바람도 없는 곳으로 떠나가겠다고, 무덤도 없는 곳에 자신은 재로 남겠다고 한다. 죽음과 내세는 신본주의적 사고와 연관되기 때문에 이것은 종교에 대한 비판 의식을 비종교적 이미지 즉, 죽음과 무덤의 이미지로 대응하고자 하는 의도이다. 시에서 시적 주체의 무의식은 죽은 자의 거주 공간을 향한다. 물리적 상승 또는 하강 운동 속에는 정신의 고양 혹은 추락이 투영되어 있다. 죄의 무게는 죄인이 체류하는 공간의 깊이에 상응[67]한다. 즉 김현승의 죄의 무게가 무덤이라는 하강적인 공간을 지향하는 것이다.

무덤 밖이나 떠난다는 인식은 무덤에 대한 그리움의 역설적 표현이 된다. 무덤이 결국 부정적 의미만은 아니라는 것이다. 이것은 무덤 안은 '드는 것'으로 무덤 밖은 '뒹구는 것'으로 인식한 데서 드러난다. 무덤에 든다는 것은 신의 세계로 들어감이요, 무덤 밖에서 뒹구는 것은 끝장을 보고 죽을 때 죽는, 신에 대한 항거의 의지를 드러낸다. 위시의 인간은 누구나 구체적인 삶 속에서 이것이냐 저것이냐라는 불가피한 선택에 직면해 있다. 실족할 것이냐 아니면 믿을 것이냐, 이방인으로 남을 것이냐 아니면 본질적으로 참된 그리스도인이 될 것이냐라는 건 기독인들이 직면

---

67) 유리로뜨만 외, 위의 책, p.20.

하고 있는 선택이다. 김현승의 고독은 결국 신 앞에 이르기 위한 한 편력이었기 때문이다. 결국, 무덤은 김현승 고독 의식의 한 표현이 된다. 무덤은 실존적으로는 종말을 뜻하지만, 기독교에서는 부활의 계기가 된다. 삶이 무덤 속에서 죽음의 의미와 더불어 있고, 무덤 속에 묻힌 존재는 다시 부활할 것이라는 것을 의미한다. 이와 같은 견해는 "갈라졌던 영혼과 육체가 원수와 형제들이/異邦과 選民들이/당신의 무덤 안에서 하나가 되나이다."(「復活節에」)에서 드러난다. 김현승은 고독의 세계에서 신의 세계로 돌아온 후 절대적 안정과 평화의 이미지로 무덤을 지향한다. 무덤은 생명성을 발현시킬 가능태를 간직한 성스럽고 정신적 이상 공간으로 빛나며 보석 이미지를 지닌다.

> 산까귀/긴 울음을 남기고/해진 지평선을 넘어간다.//사방은
> 고요하다!/오늘 하루 아무 일도 일어나지 않았다.//나의 넋이
> 여/그 나라의 무덤은/평안한가.
>   -「마지막 地上에서」전문

위 시에서 시적 주체가 지향하는 그 나라는 견고하며 본질적이며 평안하고 조화로운 세계이다. 그 나라에는 과거의 방황과 미래에 대한 기대가 압축되어 있다. 죽음을 긍정적으로 받아들이는 기독교의 사생관은 세속적 삶의 허무를 인식하고, 믿음의 본질을 깨닫고, 참된 평화를 갈망하면서,

죽음을 맞이하는 것이다. 위 시에서 김현승은 박두진 시가 가지고 있었던 들뜨고 폭발적인 합일의 감정보다는 가라앉아 따로 있으면서 가라앉음 속에 사물을 포용하는 平靜의 감정[68]을 이야기한다. 이것은 사상의 편력을 거쳐 이제는 다시 신의 길로 돌아온 자만이 갖는 절대적인 평정의 상태인 것이다. 믿음에 있어서 회의는 맹목적인 부정이 아니라 내적인 자아의 성숙에 따른 신앙의 긍정적 태도라 할 수 있고 이러한 회의를 통해 확신을 갖게 되는 신앙이란 어떠한 시련을 통해서도 흔들리지 않는[69] 평정이다.

(3) 힘겨움의 표상

① 광야, 도시 이미지

기독교의 자연은 두 가지 단계가 있는데, 위의 단계는 신의 창조의 세계이며 낮은 단계는 죄를 지은 뒤 아담이 들어갔던 타락한 질서로서 동물과 식물계 같은 물리적 자연이다. 낮은 층의 자연은 인간들에 의해 지배되고 착취당하는 자연이며, 높은 층의 자연은 에덴동산 같은 인간이 본

---

68) 김우창, 「김현승의 시」, 『지상의 척도』, 민음사, 1981, p.251.
69) 신익호, 『기독교와 한국 현대시』, 한남대학교 출판부, 1988, p.60.

질적으로 속해 있는 자연이다.[70] 이처럼 두 단계의 자연은 인간으로 하여금 어느 공간에 처할 것인가 하는 갈등을 반영한다. 김현승 시에서 낮은 층의 자연은 광야와 골짜기로 드러난다.

> 광야의 거친 주둥이와 그 뿌리 깊은 이빨은/우리의 가슴 연약한 대지를 깨물고 있다.
>
> —「아벨의 노래」 중에서

> 너의 오른뺨으로/너의 왼뺨에 입 맞추며 가라,/너의 기름진 땅 광야의 거친 주둥이로/거룩한 피의 남은 한 방울 자죽마저/두루 핥으며 ……
>
> —「사탄의 얼굴」 중에서

광야는 관념적이며 정신적이며 동시에 주둥이와 이빨로 나타난다. 대지는 연약하며 곡식의 풍성함이 없으며, 불모와 황폐함만이 존재한다. 광야와 맹수가 겹쳐지는 이유는 타락한 자들의 내면 의식과 겹쳐지기 때문이다. 아벨과 사탄은 신을 떠난 후 느끼게 되는 고독과 무거움이다.

김현승은 현실을 버림과 극복해야 하는 공간으로 나타낸다. 버림의 공간은 광야로, 극복해야 하는 공간은 도시로 나타난다. 관념적 공간과 구체적 공간의 거리는 인간의 유무와 관련된다. 관념적 골짜기에는 인물이 등장하지 않고

---

70) 엘리아데, 『성서와 문학』, pp.171~207.

단지 단독자로서 시적 주체로서 홀로 존재한다. 도시는 극복해야 하는 공간이며, "지금 산 위에서 내려다보는 주택가의 포근한 불빛보다도 더욱 풍성한 것은 감사하는 마음이다."(「감사하는 마음」)에서처럼 도시 밖에서 도시를 바라보고 있다. 김현승의 시에서 도시는 허물어진 터전 짓밟힌 거리이며 영광의 도시 허물어진 첨탑이다.

> 여기는 지극히 낮은 곳 – 당신의 사랑과 풍성을 길이 따르지 못할/여기는 빵을 만들고 아이들이 울음 우는 지역 – /주검의 그림자 세차게 부는 날은 검은 까마귀 떼 녹슨 총칼 더미/흩어져 구으는 焦土이오나,
>
> – 「1960년의 戀歌」 중에서

> 온 세계는/황금으로 굳고 무쇠로 녹슨 땅./…… 중략 ……/온 세계는 엉겅퀴로 마른 땅
>
> – 「흙 한줌, 이슬 한 방울」 중에서

초토나 엉겅퀴로 마른 땅은 성경의 "아담에게 이르시되 내가 네 아내의 말을 듣고 내가 너더러 먹지 말라 한 나무 실과를 먹었은즉, 땅은 너로 인하여 저주를 받고 너는 종신토록 수고하여야 그 소산을 먹으리라. 땅이 네게 가시덤불과 엉겅퀴를 낼 것이라."(창세기 3장 17절)에 있다. 도시는 지극히 낮은 곳으로 큰 신의 사랑을 따를 수 없다. 또한 도시는 빵과 아이들과 전쟁과 죽음이 공존하는 생존의 공간이다. 황금은 금전을 의미하며 무쇠는 무기를 이른다. 결국 도시는 외부의 압력으로 초토화되었으며 황금만능주의

와 이기로 메말라 있다. 그러나 도시에 살고 있는 인간들은 순박하며 따뜻한 존재들로, 소와 말과 같이 착하고 둔한 이웃들이다. 이웃은 성경에서 선한 사마리아 사람의 비유로 예수가 사용한 이웃과 같다.

> 오늘 하루와 나의 거리와 외로운 이웃들을 가리워 주리?
> …… 중략 ……/웃음은 꿈에서나마 친밀한 이웃과 노래와 작은 陽地들/가져오는 端緒이리!
>
> -「눈물보다 웃음을」 중에서

> 내 이웃들의 머금은 미소와
>
> -「肉體」 중에서

위 시에서 이웃은 친밀함, 미소를 지녔지만 외롭다. 김현승은 인간의 가치를 긍정하고 내세적 신의 가치보다 앞세우며 신 없는 나라를 지향한다. 이는 내적 공동화를 극복하고자 하는 의지의 소산이다. 김현승은 완전 즉 신의 세계를 추구하지만 이것은 인간의 추구에 그치는 한계를 갖는다.[71] 또한 모든 인간에 대한 따뜻한 시선은 시인 자신 즉 나에 대한 관심에서 비롯된다.

② 엉킴과 고난의 길 이미지

박목월 시의 길이 정점을 향해 끊임없이 승화하고자 하

---

71) 김현, 「보석의 상상체계」, 『우리시대의 문학』, 1980, 민음사, p.89.

는, 앞으로 나아가고자 하는 이미지를 보여 주었다면 김현
승은 뒤로도 물러설 수 있는 길이며, 이곳을 가 보았다가
저곳을 가 보기도 하는 편력자의 모습을 보여 주고 있다.
그 길은 천국으로도 지옥으로도 갈 수 있다.

> 우리의 노래와/우리의 길을/우리는 천국으로/닿게 할 수도 있
> 고//우리는/우리의 침묵과/우리의 길을/지옥으로 지옥으로/닿
> 게 할 수도 있다.
>
> > -「元旦의 地平線에 서서」 중에서

길은 천국이나 지옥을 선택하게 한다. 낙원에서 추방당
한 인간은 낮은 자연의 단계에서 태어나며 자신을 더욱 높
은 단계로 끌어올리려 노력해야 한다. 하늘을 향한 선한 의
지는 상승적 의식이고, 땅을 향한 죄 의지는 하강적 의식이
다. 인간은 태어나면서부터 천국과 지옥의 길 앞에서 선택
을 해야만 하고 이 선택으로 말미암아 상승하거나 혹은 하
강하여 죄에 자리한다. 선택은 길 위에서 이루어지며 천국
으로 가든 지옥으로 가든 선택된 길은 하나가 된다.

 "우리가 때때로 멀고 팍팍한 길을/걸어가면"(「나무」)에서
멀고 팍팍한 길과, "수고로운 우리의 길이 다하는 날"(「푸
라타너스」) 즉, 수고로운 길들은 인간의 삶을 상징하며 쉽
게 목적지에 도달할 수 있기도 하지만, 목적지를 알 수도
없게 만드는 엉킨 길로 나타난다.

결핍된 우리의 所有는/새로운 假說들의 머나먼 航路가 아니외
다./길들은 엉키어 길을 가리우고 있나이다.
　　　　　　　　　　　　　　　　　－「呼訴」 중에서

　위 시에서 길들은 엉키어 서로 가렸다. 시적 주체는 혼
란스러운 앞길을 사랑함으로써 나아갈 수 있다고 본다. 시
적 주체는 기독교의 본질이 문명과 문화가 아무리 발전하
어도 없어지지 않을 병들고 괴로워하는 개인의 심령을 반
가이 맞이하여 치유하는 사랑의 실천에 있다는 것을 인식
하고 있다. 엉킨 길은 "바람과 구름에 묻힌 길"(「나의 知慧」)
이다. 인간의 윤리적 노력은 아무리 높은 경지에 도달한다
하더라도 결국 불안과 절망을 제거할 수 없기 때문에 인간
은 궁극적으로 신과의 올바른 관계를 가질 수밖에 없다는
것이다.
　결국 김현승의 현실 인식은 칼, 엉킨 길, 황폐한 광야,
초토화된 도시로 드러나며 이는 그가 삶을 힘겹게 인식하
고 있다는 것을 보여 준다. 또한 녹슨 칼, 천국에 이르는
길, 따뜻한 이웃에 대한 인식은 이와 같은 의식이 회복되었
음을 드러낸다.

4) 단독자적 실존

(1) 깊이 지향의 형상화

넓이와 높이보다/내게 깊이를 주소서/나의 눈물에 해당하는.
                                    - 「가을의 시」 중에서

가슴들을 더욱 깊이 파/샘물을 솟게 하고, 오늘은/척박한 황금
의 변방에서 한 줌의 흙을 구한다.
                                    - 「갈구자」 중에서

희망은 가장 깊이/묻힌 내 마음의 순금
                                    - 「희망에 붙여」 중에서

위의 시는 넓음과 높이보다는 깊이를 지향함으로써 박두
진, 박목월과 상반되는 초월의식을 보인다. 심연은 깊이,
열등성, 죽음의 세계와 관련[72]된다. 김현승의 무덤 지향 의
식이 깊이로 나타난 것이다. 무덤이나 깊이를 지향한다는
것은 소중한 것은 깊은 곳에 위치한다는 의식을 드러낸다.

① 무게 의식

김현승 시는 자아가 '나'라는 대명사로 드러난다. '나의

---

72) 이승훈, 앞의 책, 341면.

병(병), 내 머리(겨우살이), 내 마음(희망에 붙여), 내 고독(고독의 순금), 내 빈 손바닥(빈 손바닥), 내 한줌의 재(부재), 나의 뼈(당신마저도), 나의 마지막 침묵(신년송), 나의 눈송이(절대 신앙),내 영혼/내 육신/내 메마른 영혼(영혼의 고요한 밤), 내 생명의 바다 (지각), 나의 넋(마지막 지상에서), 나의 옷과 나의 몸/내 영혼의 여윈 얼굴/나의 장미와 나의 신부/내 실과 마른 뼈/나의 칼날 나의 방패/나의 착함 나의 옳음/나의 태양 나의 이름/나의 영혼(이 어둠이 내게 와서), 내 뼈 속의 언어(산까마귀 울음소리), 나의 재/나의 허물(재)'와 같은 표현이다. 이와 같은 직접인 '나'의 표현은 시적 주체가 자신의 내면 즉 영혼, 정신, 넋, 생명, 고독과 같은 내면 의식을 드러내고자 할 때 '나' 혹은 '내'라는 1인칭을 사용하여 자신을 직설적으로 드러낸다.

김현승의 시적 주체에 대한 주된 인식은 '인간은 고독하다.'라는 것이다. 홍기삼은 "이 시인의 고독은 신도 인간도 아닌 제3의 영역을 의미하며 여기서 그는 지금까지 살아온 삶의 어리석음과 어두움과 미망을 끊기 시작하고 신에 대해 근본적인 회의, 신과 자신과의 관계에 대한 근본적인 재검토 과정에 들어서게 된다."고 보았다.[73] 고독한 김현승은 자신을 무게로 인식한다.

---

73) 홍기삼, 『상황문학론』, 동화출판공사, p.181.

나는 내가 항상 무겁다./나같이 무거운 무게도 내게는 없을 것
이다.//나는 내가 무거워/나를 등에 지고 다닌다./나는 나의
짐이다.//…… 중략 ……//내 속에는 아마도/납덩이가 들어
있나 부다./나는 납을 삼켰나 부다./나는 내 영혼인 줄 알고
그만 납을/삼켜 버렸나 부다.

－「鉛」 중에서

김현승은 무게, 지하를 지향하고 있다. 위 시에서 시적
주체만큼 무거운 무게도 없으며, 무겁기 때문에 자신을 등
에 지고 다닌다. 자신을 자신의 짐이라고 여기고 자신의 영
혼을 납인 줄 알고 삼켜 버렸다고 생각한다. '납'은 정신적
의미의 차원으로 전이되어 영혼의 무거움을 '납'이라는 물
질에 투사시킨다. "존재가 무게의 법칙에 순응하는가 저항
하는가에 따라서 분명히 변증법을 지니고 있는데 추락의
영상보다는 원래의 위치로 돌아가는 것이 더 귀중하다. 상
상적인 것의 질서 속에서 정말 긍정적인 것은 높이의 영상
들이기 때문"74)이다. 바슐라르의 이와 같은 생각대로라면
신의 세계를 떠나 있었던 김현승의 의식은 필연적으로 추
락의 영상을 지닐 수밖에 없었다.

무게는 시적 주체의 절망감이며 이 절망감은 손끝으로
구체화된다.

---

74) 바슐라르, 『대지와 의지의 몽상』, 삼성 출판사, 1977, p.403.

내가 만지는 손끝에서/영원의 별들은 흩어져 빛을 잃지만,/내
가 만지는 손끝에서/나는 내게로 오히려 더 가까이 다가오는/
따뜻한 체온을 새로이 느낀다./이 체온으로 나는 내게서 끝나
는/나의 영원을 외로이 내 가슴에 품어 준다.//그리고 꿈으로
고이 안을 받친/내 언어의 날개들을/내 손끝에서 이제는 티끌
처럼 날려 보내고 만다.//나는 내게서 끝나는/아름다운 영원을
/내 주름 잡힌 손으로 어루만지며 어루만지며/더 나아갈 수도
없는 나의 손끝에서/드디어 입을 다문다. - 나의 詩와 함께
－「絶對 고독」 중에서

김현승 시의 배경은 정적이고 움직임이 거의 없으며 시
적 주체의 동작도 거의 움직이지 않는다. 오직 내면 의식만
움직이는데 이는 김현승의 정신지향주의적 성격을 드러낸
다. 끝은 시적 주체의 상실감을 드러낸다. 시인에게 있어
시를 쓰는 작업은 실존의 고통을 무찌르기 위한 치열한 싸
움이다. 더 나가고자 하는 그 의식은 손끝으로부터 더 나아
가고자 하나 나아가지 못한다. 끝에 부딪친 절망감은 한계
성이다. 아무리 천상을 꿈꾸어도 무한하고 열려진 세계는
도래하지 않고 닫힌 현실 공간만이 있을 뿐 지상과 천상의
정점에서 시적 주체의 한계의식은 손끝으로 結晶된다. 그
러나 불안과 두려움과 절망 역시 아무 도움이 안 된다. 하
나님 앞에서의 정직함이 처음이며 마지막이다. 자신이 어떤
상태임을 솔직하게 고백하면서 하나님 앞에 있어야 한다.
종교적 긍정의 삶은 깊은 인간적 실망과 패배를 거친 후에
다져지며 신앙은 회의와 절망과 고투를 거침으로써 더욱

견고하게 굳어진다.

② 인격화된 그림자

빛은 그림자와 그늘을 만들어 내며 그림자와 그늘은 삶
과 거리와 외로운 이웃들을 가려 준다. 그늘에 비해 '그림
자'는 시적 주체의 내면 의식과 관계된다. 프레이저는 "원
시인들은 그림자를 자신의 영혼 혹은 살아 숨 쉬는 일부로
간주한다."고 하였다. 태양이 정신의 빛을 상징한다면 그림
자는 육체의 부정적 이중성 혹은 육체가 표상하는 악과 비
열한 측면을 상징[75]한다. 김현승은 산문에서 "사색은 인간
의 실체가 아니라는 슬픈 현대의 진리 아닌 진리를 응시하
지 않을 수 없다. 실체를 상실한 현대의 인간상 …… 그러
면 나는 이미 나의 주인은 아니구나. 그렇건만 가을 황혼에
비낀 蕭條(쓸쓸)한 포도 위에는 주인 아닌 주인을 충실히
따라다니는 나의 길고 여윈 그림자가 차라리 철없는 짐승
같이 슬퍼지는구나."[76] 실체를 상실한 인간들은 사색을 인
간의 실체가 아니라고 인식한다. 김현승은 이와 같은 인간
들의 진리를 진리가 아니라고 보고, 그림자를 자신과 동일
시하며 자신의 심리적인 상태를 그에게 투사시키며, 한 인

---

75) 이승훈, 앞의 책, p.65.
76) 김현승, 『고독과 시』, 지식산업사, 1984, pp.84~86.

격체로 해석하고 있다. 항상 시적 주체와 동행하는 사물은 긴 그림자를 드리운 나무, 긴 그림자, 까만 까마귀 등 햇빛과 대조된 그림자이다. 시 「가을의 立像」에서는 깊은 한숨이 그림자에 투사되기도 한다.

> 너는 나보다도 외로워/지금 나를 따르고 있다.//…… 중략 ……//너는 나의 밖에 사는/혹시 나의 검은 영혼인가.//…… 중략 ……//나는 너보다도 외로워/지금 너의 뒤를 따르고 있다.
> 　　　　　　　　　　　　　　　　　　　 －「저녁 그림자」중에서

> 해가 지면서/나의 마지막 검은 연기 깔리는./저녁 해가 지면서/까맣게 나의 재로 나를 덮는/나의 그림자
> 　　　　　　　　　　　　　　　　　　　　　 －「假想」중에서

위 시에서 그림자는 검은 영혼을 지닌 인격적 존재이다. 그림자는 길다, 한숨, 외로움과 무게를 지닌다, 검은 연기, 검은 영혼, 검은 재 등 연기와 영혼은 허무, 절망, 정지, 침묵, 견실, 부정, 죄, 죽음, 암흑, 밤, 숯 등을 의미[77]하는 형용사 검은의 수식을 받아 무게를 지닌 영혼과 연기로 사물화된다. 결국, 그림자는 하강적인 가치에 몰입하는 지상적 성격의 사물로서 시적 주체의 깊은 절망 의식을 드러낸다.

"한때나마 나는 너의 거짓이고/너는 정직하게 나를 裁斷해 버렸다./하루해가 또 저무는 콩그리트 바닥에다 이처럼/

---

77) 채수영, 『한국 현대시의 색채 의식 연구』, 집문당. 1987. p.32.

어둡고 칙칙한/내 몸뚱아리 어느 옆구리로 터져 나온,/이것은 내 영혼의 창자처럼/창자 속 바보처럼"(「그림자」) 이 시는 기독교로 전환하는 시기에 쓰인 작품으로 실체가 거짓이고 햇빛에 비추어진 그림자가 자신의 실체이며, 이 실체는 창자 속의 바보 같은 모습을 정직하게 보이고 있다고 고백한다.

③ 깊이 지향 의식

눈은 물리학적으로 빛과 물의 결합으로 존재와 부재의 섬세한 작용 속에서 타자와의 관계의 표지로서 때로 슬픔 특히 기쁨을 구성하는 것이 바로 눈이며, 눈물은 영혼의 거울[78]이다. 김현승을 일컬어 눈물의 시인이라고 하는 까닭은 그의 시가 눈물을 소재로 한 시가 많기 때문이며, 그의 시 「눈물」이 명품이기 때문이다. 또한 김현승 자신은 여린 감성을 지니고 있기에 자주 눈물을 흘리는 사람으로 표현하고 있다.

> 더러는/沃土에 떨어지는 작은 生命이고저 ……//흠도 티도,/금 가지 않은/나의 全體는 오직 이뿐!//더욱 값진 것으로/드리라 하올제,//나의 가장 나중 지니인 것도 오직 이뿐!/아름다운

---

78) 아지자 외, 앞의 책, p.262.

나무의 꽃이 시듦을 보시고/열매를 맺게 하신 당신은,//나의
웃음을 만드신 후에/새로이 나의 눈물을 지어 주시다.
                                        -「눈물」전문

　위 시는 김현승이 자식을 잃고 쓴 시로서, 자식의 죽음
을 가장 값진 것을 하나님께 바친 것으로 의미화한다. 눈물
은 옥토에 떨어진 가장 작은 생명이고, 흠도 티도 금 가지
않는 전체이며, 시적 주체기 기진 기장 값진 것도 눈물이
다. '옥토에 떨어진 작은 생명'이라는 구절은 성경 마가복
음 4장의 한 알의 밀알이 땅에 떨어져 죽으면 많은 열매를
맺는다는 씨 뿌리는 비유에서 인유된 구절이다. 자식의 죽
음이라는 개인적 고통은 종교적으로 승화한다. 이운용은 김
현승의 의도가 사라짐에 대한 중요성이 아니라 사라짐으로
인하여 생성되는 창조를 얻는 데 있다[79]고 본다. 김현승은
사라지는 눈물, 사라지는 종소리로부터 새로운 창조를 의미
화한다. 눈물에 대해 김현승은 "인간이 신 앞에 드릴 것이
있다. 그 무엇이겠는가. 그것은 변하기 쉬운 웃음이 아니라
이 세상에서 오직 썩지 않는 것이 있다. 그것은 신 앞에서
흘리는 눈물뿐일 것이다."[80]라며 변하지 않는 가치를 지닌
보석과 같다고 본다.

---

79) 이운용 편, 『지상에서의 마지막 고독』, 김현승 평전, 시선집, 문학세계사, 1984,
　　p.271.
80) 김현승, 「굽이쳐 가는 물굽이 같이」, 『고독과 시』, 지식산업사, 1977, p.236.

넓이와 높이보다/내게 깊이를 주소서,/나의 눈물에 해당하는 ……

- 「가을의 詩」 중에서

위의 시는 박두진의 시의 넓이보다, 박목월의 높이보다 깊이를 지향한다. 눈물은 깊이를 지니고 있으며 그 눈물의 깊이만큼, 무게를 지닌다. "눈물은 그러리, 오히려 내게는/무겁고 화려한 의상,/그것은 무도회의 밤이나 구세주의 입을 옷"(「눈물보다 웃음을」) 눈물은 무도회의 화려한 의상만큼이나 화려하고 무거운 의상이며, "나는 눈물이 너무 많아서/나는 아무래도 천국으로 갈 수는 없겠다."(「어린것들」)에서는 눈물은 천국에도 이르지 못하게 하는 무게를 지닌다. 결국 김현승의 시에서 눈물은 무거운 영혼의 무게이다.

방(room)은 일반적으로 개인적인 사상이나 개별성을 상징한다. 김현승은 문을 닫고 방안의 공간을 지향하는데, 방안의 내밀성은 신의 세계에서 고독의 세계로 나아가기 위한 중간 항이 된다. 이 중간 항은 재생의 의미를 지니며 재생은 신의 영역에서 개인 영역으로의 '逆재생'이다.

믿음이 많은 사람들은 가벼운 날개를 달고/하늘나라로 사라져 가는데,/…… 중략 ……/나는 門을 닫고/시들시들 나의 병을 앓는다.

- 「病」 중에서

문을 닫고 병을 앓는다는 것은 가벼운 날개를 달고 하늘 나라로 사라져 가는 것과 구별되는 행위이다. 시적 주체는 날기를 포기하고 개인적 공간으로 들어온다. 방안은 닫혀 있고 막혀 있다. 문을 닫음으로 외부세계와 단절된다. 이는 사고의 단절, 즉, 신을 향한 믿음을 버리겠다는 의지이다. 어떤 영역이 소규모일 때 비로소 집이 될 수 있다.[81] 집은 자기 예술의 닫힌 특성을 형상하며, 인간의 육체와 인간의 사고와 인간의 삶을 상징[82]하는데 위 시에서 문 안의 공간 은 시적 주체에게 있어서 새로운 정신적 창조와 갱생의 이 상 공간이며 동시에 신의 세계를 벗어나 지상적 삶에 귀환 할 수 있는 원천적 힘의 공간이 된다. 문을 닫음으로써 고 독의 세계로 역초월을 시도하게 된다.

(2) 부재 의식

김현승은 60년대 전까지 유지해 오던 신앙의 세계를 떠 나 신과 기독교에 대한 회의로 종교의식이 바뀐다. 그는 하 나님이 유일신이라면 왜 이 세상에는 다른 신을 믿는 유력 한 종교가 있겠느냐고 묻는다. 그리고 지상의 종교는 인간

81) C. N. 슐츠, 『실존, 공간, 건축』, 김광현 역, 산업도서 출판공사, 1985, p.48.
82) 아지자 외, 앞의 책, pp.138~140.

들 자신이 만든 것이며 예수도 한 인간에 불과한 것을 2천
년이 지난 오늘에 와서는 신으로 모시게 되었다[83]고 말한
다. 그리고 '떠날 것인가, 말 것인가'며 혼란을 겪는 정신
세계를 보여 준다. 앞으로 나아감과 뒤로 물러섬 사이에서
방황하고 있다. 방황하던 시적 주체는 자신마저도 자신을
떠나 버리는 부재 의식을 보인다.

> 저녁 그림자,/나는 이미 나를 떠난 지 오래이다.
> —「저녁 그림자」 중에서

> 나는 네 눈동자 속에/깃들여 있지도 않고.//나는 네 그림자 곁
> 에 따르지도 않고/나는 네 무덤 속에 있지도 않다./…… 중략
> ……/네가 나를 찾았을 때/나는 聖殿에 있지 않았고./나는 또
> 돌을 들어 떡을 만든 것도 아니다.//나는 많은 사람들 가운데/
> 내 튼튼한 발목으로 뛰어내리지도 않았고./나는 나의 젊음 곁
> 에/암사슴처럼 길게 누워 있지도 않았다./…… 중략 ……/나
> 는 어디에 있는가./나는 내 단단한 뼈 속에 있지도 않고/비 내
> 리는 鋪道의 한때마저/나는 내 雨傘 안에 있지도 않았다.
> —「不在」 중에서

위 시들에서는 김현승의 기독교에 대한 중압감과 반발
의식을 보여 준다. 갈등하는 시적 주체는 조화로운 나로 변
화된 모습을 거부하고 부조화의 자아를 인식하기로 작정을
한다. 그는 사색의 불협화음과 지적 체계의 혼란을 종교에

---

83) 김현승, 「나의 문학백서」, 이운용 편, 앞의 책, p.74.

대한 불신으로 드러내며 종교로부터의 일탈을 추구한다. 부재에 대한 반응은 성경적이다. 시적 주체의 부재 의식은 신의 위대한 부재이다. 성경에서 그리스도는 성전에 있었으며, 돌을 들어 떡을 만들었으며, '길게 누워 있는 암사슴'은 성경의 아가서에서 인용하였다. 그러나 그는 이 모든 것을 부정하려 한다. 그 궁극적 원인은 신의 부재이다. 그러나 그 부재는 부인할 수 없는 하나님의 임재이기도 하다. 숨어 있는 신의 침묵은 시간과 공간을 초월하고 있기 때문이다. 성경 인물 중 가장 고독이 깊었던 인물은 욥과 예수이다. 욥은 자녀들을 모두 잃었으며 친구들도 그를 이해하지 못했고 아내마저도 자신을 저주하며 버렸다. 예수 또한 유대인들로부터 배척받았으며 제자들에게서조차 배반당하는 고통을 겪었으며 하나님 앞에서 버림받은 것처럼 여겨졌다. 욥과 예수와 김현승 이 세 인물은 고독이라는 하나의 줄로 묶을 수 있으며 공통분모는 '신의 침묵'이다. 욥이 고난당할 때 위로해 주지 않았으며 예수가 어찌하여 나를 버리시나이까 하고 외쳤을 때 침묵하였으며 김현승이 신의 그림자를 떠났을 때도 침묵하였다. 그러나 인간은 신의 침묵 속에서 자신을 돌아보게 되고 그 침묵 속에 얼마나 많은 말들이 내포되어 있는가를 스스로 깨닫게 된다.

박진환은 신은 죽었다고 했던 니체의 선언 이후 인간은 신과 결별함으로써 단독자로 전락하게 되었고 여기서 인간은 세계로부터 분리되는 철저한 고립성이 제기되었으며 이 고립성은 다시 세계와 차단, 소외, 단절이라는 절대 고독으로 현대적 존재를 비극화시킨 결과를 초래했다[84]고 말한다. 시적 주체의 자의적인 절망은 신에 대한 범죄이자 창조주와의 단절임을 인식하지 못한 것이다. 결국 '나의 갈망에도 불구하고 너는 부재'한다며 신을 부정하고 자아마저도 부정하는 자아 정체의 공황 상태를 초래한다. 자기 자신으로부터 소외된다는 것은 발광한다는 것이고 자기 자신의 존재를 상실하는 일이며 소외된 존재로 된다는 것이다.[85]

그러나 후기 기독교 시에서는 자신의 정체성에 확신을 갖게 되는 것으로 자아를 회복한다.

> 나의 남이던 내가/채찍을 들고 명령하고/날카로운 호루라기를 불고/까다로운 일직선을 긋던 내가,/오늘은 아침부터 내가 되어 나를 갖는다.
>
> －「일요일의 미학」 중에서

김현승은 「군중 속의 고독」(월간문학 1970, 6월)에서 '내가 남이 된다.'고 인식한다. 자아 정체에 대해서 무겁게 느끼고 부재 의식을 가질 수밖에 없었으나, 자신은 신의 그늘 아래 있어야 함을 깨닫고 더욱더 견고해진 신앙을 바탕으

---

84) 박진환, 「성기조론」, 『시와 비평』, 1990, 겨울, p.54.
85) A. Hauser, 『예술과 소외』, 김진욱 역, 종로서적, 1987, p.195.

로 "새 옷보다/나의 새봄은/새 시간을 갈아입는다./새 시간 보다 그러나/나의 새봄은/새 마음을 갈아입는다."(「마음의 새봄」)라고 고백함으로써 자아의 정체성을 회복하고 신생 과 재생 의지를 보인다.

(3) 견고에의 의지

김현승의 시어는 마르고, 당차고, 단단한 언어들로 가득 차 있다. 이는 그 자신이 항상 고뇌하였던 삶에서 맺혀진 단단한 열매였던 것이다. 견고한, 마른, 단단한 형용사로 모든 것을 고체화시킨 것이다. '단단하게 마른'으로 압축되 는 나뭇가지는 '영혼의 마름'이다.

김현승은 선비 정신의 동양적 깨달음을 바탕으로 하고 있기 때문에, 종교적인 것에 대비되는 세속적인 깨달음들을 부인하지 않았다. 한국 기독교의 보수 신앙은 비록 양심을 말할지라도 어두운 현실에 치열한 저항 의식이 결여되어 있고, 오직 신과 나만의 관계를 중요하게 생각하고 있는데 이는 동양적 선비 사상과 만나 철학적, 형이상학적 시로 재 현된다.

껍질을 더 벗길 수도 없이/단단하게 마른/흰 얼굴//⋯⋯
중략 ⋯⋯//이 마른 떡을 하룻밤/네 살과 같이 떼어 주며,/
/⋯⋯ 중략 ⋯⋯//뜨거운 햇빛 오랜 시간의 회유에도/더 휘지
않는/마를 대로 마른 木管樂器의 가을
-「견고한 고독」 중에서

고요한 가을밤에는/들리는 소리도 많다./낙엽보다 쓸쓸한 쓰르
라미 울음소리/내 메마른 영혼의 가지에 붙어 우는
-「영혼의 고요한 밤」 중에서

껍질을 더 벗길 수도 없이 단단함은 물기 없이 단단하게
마른 상태이며, 단단하게 마른 얼굴과, 그리스도의 성만찬
을 환기시키는 마른 떡, 뜨거운 햇빛과 오랜 시간의 회유에
도 휘지 않는 마른 목관 악기, 이 같은 시상들의 공통점은
더 이상은 벗겨지지 않고 더 이상은 휘지 않는 견고함이다.
기독교인들의 '回心'[86] 과정에는 시련의 과정이 위치한다.
이 시련 속에서 고독한 자아는 고민하고 갈등하다가 결국
신의 세계로 회심하게 되며 이것을 종교적 언어로 연단이
라고 한다. 연단 후에 인간은 견고해진다. 견고한 고독은
더 이상 회유에도 돌아서지 않는 마른 고독이다. 앞에서 고
독의 시기에는 가을에 관한 시가 몇 편 없다고 하였는데
위 '견고한 고독'이 몇 편 안 되는 가을 시편 중 하나이다.
메마른 가을은 '신을 잃은 겨울'이다. 정신의 황폐함과 고

---

86) 위클리프, 『성경사전』, 성서교재간행사, 1983, pp.2,204~2,210 참조. 회심은
신이 인간에게 주는 구원의 의미, 성령에 의한 거듭남의 의미가 있다.

독과 고민으로 육체가 여위듯 영혼도 여윈다. 시 「견고한 고독」은 마지막 성찬의 밤에 베풀어졌던 예수의 살과 피를 연상하게 한다. 그 자신 회의로 기울었다고 자백하는 대표적인 시에서조차 그는 예수의 그림자를 떠나지 못하며 마지막 성찬의 밤에 예수가 자신의 살과 피를 주며 나를 기념하라고 한 영향 끼침에서 벗어나지는 못한다. 때문에 그의 고독은 의도적인 것이었다고 보인다. 그는 산문에서 1960년대 후반 시의 변모를 의도하던 끝에 '고독'에 관심을 기울이게 되었다고 말하고 있다. "1960년대 후반 - 고향인 광주에서 서울로 옮기고 나서 5~6년을 지내면서 나는 시의 변모를 의도하던 끝에 '고독'에 대해 깊은 관심을 기울이게 되었다."[87] 결국 고독은 오직 종교에 대한 회의에서만 연유된 것은 아니다. 또한 그의 고독은 그의 체질화된 개인적 특성이다. 김현승은 기독교에 대한 회의를 느낀 가장 현실적인 이유로 교인들의 생활과 마음가짐이 일반 사회인들의 그것과 다르지 않기 때문이라고 한다.[88] 이것은 신을 믿는 사람들의 태도에 대해 회의를 느꼈다는 말이다. 신앙인은 모두 양심적으로나 생활면에서나 깨끗해야 한다는 그의 종교적 결벽증이 원인이었을 것이다. 이는 고독의 시기 중에서도 종교 시편들이 쓰인 이유가 될 것이다.

---

87) 이운용, 앞의 책, p.90.
88) 이운용 편저, 앞의 책, pp.74~75.

(4) 재생 의지의 표상 - 재, 까마귀

① 재

무거움과 가벼움 사이에 재 의식이 위치한다. 마르고 마른 영혼이 타서 재가 되면 무거움을 벗고 하늘로 향할 수 있다. 재나 불꽃의 원관념은 있는 상태도 아니고 없는 상태도 아닌 시간과 공간의 완전 정지 상태에서 무중력의 의식 세계로 볼 수 있다.[89] 이와 같은 무중력의 의식 상태는 빛을 향한 밝음의 세계로의 중간에 위치한다. 중립, 에고이즘, 심리적 침체, 무기력, 무분별, 이런 의미는 모두 잿빛에서 유추[90]되기 때문이다. 김현승은 후반기의 시에서 주로 신을 버리고 떠나갔던 자신의 과거를 재의 의미를 빌려 고백한다.

그는 자신의 회개에 대해 "하나님께서는 나를 쓰러뜨리셨을 때, 나를 데려가실 수도 있었다. 그러나 그렇게 되었으면 나는 영원히 내가 지은 죄를 하나님 앞에 뉘우치고 자복하고 하나님의 긍휼을 여기심으로 사죄함을 받을 최후의 기회를 영원히 잃어버리고 말았을 것이다. 그러나 자비

---

89) 박이도, 『한국 현대시에 나타난 기독교 의식』, 경희대 박사학위 청구 논문, 1984, p.100.
90) 이승훈, 앞의 책, p.286.

로우신 하나님께서는 나를 영영 불러 가지 않으시고 마지막으로 기회를 주신 것이다. 나의 형제들은 모두 천당에 갔거나 앞으로 갈 것이다. 그들의 세상에서의 생활은 나보다는 평범하였지만, 그들의 신앙은 진실하였다. 나는 지금껏 인간 중심의 문학을 하면서 썩어질 그 문학 때문에 하마터면 영원한 생명의 믿음을 저버릴 뻔하였던 것이다. 오늘도 하나님께서는 이 새로운 생명과 믿음과 자각을 내게 주시고 아직도 나의 실낱같은 생명을 지켜 주신다. 이 실낱같은 나의 생명을 주님이 거두시는 날까지 나는 무엇을 할 것인가? 나는 그때까지 믿음의 시를 쓰다가 고요히 눈을 감고 싶다. 이 이상의 하나님의 축복은 나에게는 있을 수도 바랄 수도 없다."[91] 김현승은 죽음의 문턱에 서서 다시 살려 주신 하나님께 감사하며 신앙의 길로 돌아온다. 신앙은 김현승에게 있어서는 고향과 같다. 김현승은 고향을 떠나 이곳저곳을 편력 또는 방랑하다가 고향으로 돌아가는 길에 이르지도 못하고 죽음을 맞이할 뻔하였으나 신의 은총으로 소생하고 정신적 고향에서 죽음을 맞이하기를 기원하는 것이다.

  태우는 불은 상상력에서 조악한 상태가 우월한 상태로 바뀌는 것을 상징하며 하강의 상상력에서 벌 파괴 혼란 혼돈의 의미를 지닌다.[92] 시적 주체의 죄가 불타서 재로 승

---

91) 김현승, 「종교와 문학」, 『전집』, p.305.
92) 뢱 브느와, 앞의 책, p.84.

화되었을 때 무거움을 벗어나 가벼움의 세계로 편입하게
된다. 이로써 사상의 편력은 끝이 나고 승화의 길로 들어서
게 된다.

> 나는 무엇보다 재로 남는다./바람만 불지 않으면 재로 남는
> 다./무덤도 없는 곳에 재로 남아/나는 나를 무릅쓰고 호올로
> 엎드린다.
>
> —「四行詩」 중에서

> 나는 나의 재로/나의 모든 허물을 덮는다./나의 모든 기쁨과
> 슬픔을/나는 한 줌의 재로 덮고 간다.
>
> —「재」 중에서

재는 무덤과 눈물보다는 가볍다. '나를 덮는 재', '허물을
덮는 재'는 죄를 덮어 주기 원하는 시적 주체의 의지가 반
영되어 '덮음'의 의미로 쓰였다. 회개의 눈물로써 정화를
간구하고 구체적인 죄에 대해 회개한다. 죄의 본질과 구원
의 원리를 깨닫고 지난날의 모든 잘못은 깊고 높은 슬픔임
을 절감한다. 재는 정신적 바탕을 새롭게 조명해 주는 극복
의지이다.[93] 이스라엘에서는 회개할 때 굵은 베옷을 입고,
재 위에서, 금식하며, 참회하였다.[94] 시적 주체도 재 위에

---

93) 이운용, 앞의 책, p.193.
94) 그 소문이 니느웨 왕에게 들리매 왕이 보좌에서 일어나 조복을 벗고 굵은 베를
    입고 재에 앉으니라.(요나서 3:6)
    내가 스스로 한탄하고 티끌과 재 가운데서 회개하나이다.(욥기 42:6)
    저희가 벌써 베옷을 입고 재에 앉아 회개하였으리라.(마태복음 11:21)

서 회개하고자 하나 그러한 가식적 제의는 아무런 소용이 없음을 깨닫는다. 재의 의식이 자신의 허물을 덮어 주지는 못한다는 것과 진정한 회개란 마음속 깊은 곳에서 우러나오는 마음의 의식임을 깨달은 것이다.

② 까마귀

김현승은 한민족이 가지고 있던 까마귀에 대한 인식에 새로운 해석을 한다. 우리의 전통적인 의식 속의 까마귀는 죽음이나 불길함의 징조이지만 김현승의 까마귀는 뼈 속에 사무치는 고독을 가진 영혼의 새이다. 까마귀는 그 빛깔이 검기 때문에 시초라는 관념과 관계된다. 창조적 능력과 정신의 힘을 상징하며, 인간이 좀처럼 닿을 수 없는 우주적 의미[95]이다. 김현승은 까마귀를 시의 소재로 즐겨 쓰는 이유에 대해 "근래에도 까마귀를 소재로 하여 인간의 고독을 형상화하기도 했다. 인간의 고독과 인간들의 천형을 자기 한 몸에 그 빛깔과 그 소리로 집중하여 형상화한 듯이 나의 마음의 눈에는 보였기 때문이다."[96]라고 한다. 까마귀에게서 고독의 의미를 찾아낸 것이다.

---

95) 이승훈, 앞의 책, p.78.
96) 김현승, 『고독과 시』, 지식산업사, 1977, p.35.

회색 보표 꽂은 비곡의 명작가/서산에 깃들이는 황혼의 시인
−/나는 하늘에 우는 까마귀 따라간다.
−「까마귀」중에서

목에서 맺다/살에서 터지다/뼈에서 우려낸 말./중에서도 재가
남은 말소리로/울고 간다.
−「산까마귀 울음소리」중에서

산까마귀/긴 울음을 남기고/해진 지평선을 넘어간다./……
중략 ……/나의 넋이여./그 나라의 무덤은/평안한가?
−「마지막 지상에서」중에서

  까마귀는 비곡의 명작가이고 또 황혼을 노래하는 황혼의
시인이다. 까마귀의 거친 울음소리에 대해 김현승은 "나는
표현에 있어서 언어라는 것의 기능에 회의를 품은 지 오래
이다. 나이를 먹고 시가 늘수록 이 회의는 더욱 짙어지고
까마귀의 외마디보다도 못한 나의 시라는 것을 깨닫게 된
다."[97] 자신의 시보다 나은 것이 까마귀의 거친 외마디 소
리라는 것이다.「산까마귀 울음소리」에서 녹슨 칼처럼 거
칠게 우는 까마귀의 울음은 목에서만 나오는 소리가 아니
라 살을 지나 뼈 속 깊은 곳에서 우러나오는 것이다. 저녁
하늘을 태우고도 남으며 사랑의 고백보다도 더 의미 깊은
'내 뼈 속의 언어'는 회개의 고백이다. 후기에 나타난 까마
귀는 재의 이미지를 수반하며, 까마귀의 울음은 시적 주체

---

97) 김현승. 위의 책. p.38.

의 허물과 연계되어 회개의 눈물을 상징한다. 잠시 신의 곁을 떠났고 다시 돌아와 신의 따뜻한 손 아래 무릎을 꿇은 것이다. 즉 까마귀는 시적 주체의 회심을 절대자에게 고하는 중재자이다. 「마지막 지상에서」는 정신의 노도와 같은 불안함이나 고뇌는 엿볼 수 없다. 까마귀가 긴 울음을 울고 산을 넘어가는 평온한 장면이다. 뼈 속의 언어로 이야기하려 하지 않고, 뛰어난 영혼을 가지지도 않은 조물주가 지은 모습 그대로의 까마귀이다. 이제 절대적 신앙의 자리로 돌아와서 편안함으로 까마귀를 보고 있다.

김현승은 예수를 시인으로 해석하고 있으며, 예수가 가진 특성 중 고결하고 정이 있으며 고독하며 마른나무와 같이 강한 면을 좋아한다. 이와 같은 예수의 이미지는 까마귀의 이미지와 겹쳐진다. 사람과 신 앞에서 버림받았고 이해해 주는 사람이 없었기에 고독하였던 예수, 그의 삶 자체가 시적이었던 예수, 또한 그 당시 숱하게 나돌던 어떤 현란한 선동적 말보다도 고귀하였던 예수의 언동과 까마귀는 연계성을 보인다. 그리고 천상의 것을 추구하면서도 결국은 지상의 것을 버리지 못하여 지상의 것과 천상의 것 사이에서 방황하였던 시인 자신의 모습도 까마귀의 모습에서 보인다.

김현승은 변화와 발전의 시인이었다. 그는 산문 「나의 시작 생활 20년기」에서 "그러나 어느 뚜렷한 특색을 가지고 성가를 올린 시인들이 40대에 이르면 더 발전하지 못한 채 쇠퇴하거나 반추를 일삼는 것은 우리가 경험할 수 있는 주위의 사실들이다. 시의 발전하는 과정은 모름지기 시대 의식의 한갓 제약된 소재에 구애됨이 없이 시 세계의 폭을 자유로이 넓히고 시심을 고갈함이 없는 인생의 뿌리 깊은 곳에 뿌리박아야 할 것이다."라고 시인들의 변화하지 않는 정신세계를 부정적하고 항상 변화와 발전을 꿈꾸었다. 변화를 두려워하지 않던 그는 자신이 걷던 정신적 세계의 궤도까지도 이탈하였었다. 그러나 그는 자신의 의지대로 나아가기에는 한 인간이 얼마나 연약한 존재인가 하는 것을 발견하게 되고 다시 한 번 기독교의 자리로 돌아온다. 이와 같은 사상적 편력은 하늘과 지상과 인간 자연에 대한 보편적 이미지들을 거부하고 새로운 이미지를 창조해 낸다. 그리고 마지막으로 신 앞에서 절대 변하지 않는 신앙을 확인한다.

> 당신의 불꽃 속으로/나의 눈송이가/뛰어듭니다.//당신의 불꽃
> 은/나의 눈송이를/자취도 없이 품어 줍니다.
>
> − 「절대 신앙」 전문

5. 결론을 내려놓으며

이상에서 박두진 박목월 김현승을 중심으로 시 정신의 지향과 종교적 상상력을 고찰해 보았다.

박두진은 신 인식에 있어서 '부성적 신성'과 '수난예수' 이미지에 집중하였으며, 현실을 추위와 미움과 죽음과 어둠이 존재하는 공간으로 인식한다. 가인 이미지로 자신이 가지고 있는 원죄의 속성을 표상하였다. 가인의 죄를 자신의 죄로 받아들이고 어리석음과 타락성을 모두 자신의 것으로 수용하였는데 이에는 가인과 자신을 동일시하여 타락을 구원의 발판으로 삼으려는 역설적 사고가 포함된다. 박두진은 천국을 '섬'으로 변용시켜 희로애락, 생로병사와 같은 인간 세상의 모든 고통을 초월한 공간으로 형상화시킨다. 또한 동서남북 상하의 방위, 수, 시간, 해석, 문체, 수사법에 이르기까지 무한대로 뻗어 가고자 하는 '광야 지향 의식'을 보이고 있으며 광야에서 홀로 있고자 하는데, 이는 현실로부터 자신을 독립시키고 자기를 소외시키는 작업으로, 이때 신의 모습은 더욱 가까이 다가온다는 의식을 나타낸다. 신의 무한한 능력을 강조하기 위해서 극대 의식을 보여 주었고, 자신의 영혼 가장 작은 부분부터 신을 향하는 믿음을 보여 주기 위하여 극소 의식을 나타낸다. 기독교 시사에 있어서는 서구의 신성을 한국적 인식으로 재해석하고 받아들여 토착화하였다는 의의를 갖는다.

박목월은, 신 인식에 있어서 '모성적 신성'을 형상화하는

데 이는 그의 어머니에 대한 애정에서 연유된다. 초기 시「나
그네」에서부터 시작된 '떠남'의 내면 의식이 기독교 시의
초월적 승화 의지에 재현되어 순례자(pilgrim) 의식으로 발
전하며 천국을 향한 순례 혹은 정신적 완성을 향한 긴 여
행은 정신적 성숙의 과정과 정신적인 성숙의 탐색 과정이
다. 그의 '벗어나기', '더 높은 곳으로 향하기', '승화하기',
'탈피하기'는 현재의 상태에서 더 나은 곳으로 적극적 초월
을 꿈꾸며, 부정적인 공간에서 긍정적인 공간으로 이동, 승
화, 탈피, 초월적 의지를 강하게 드러낸다. 승화 의지는 새
로움에의 지향이라는 신세계를 만들어 내며, 새로운 날을
맞이하기 바라고 거듭남으로 새로운 사람이 되기를 소망한
다. 반면, 지상의 인간들은 더 이상 앞으로 전진하지 못하
고 머물러 있는 상태이며, 흐르지 않는 물이 썩는 것처럼
이곳은 늪지대로 형상화된다. 정신적으로 승화하기 전 자아
의 내면 상태는 어둠과 딱딱함의 상태이며, 굳음의 세계를
벗어나서 초월의 세계인 빛과 부드러움의 세계로 이동을
소원한다. 시간관에 있어서도 어제보다는 오늘을 더 중요시
하며 오늘에서 내일로의 과정을 긍정적으로 본다. 어제는
탈피해야 하는 시간, 벗어나야 하는 시간이고 미래는 도달
하고자 하는 종착점이다. 결국 박목월의 시 의식은 '승화
의식'을 지향한다. 기독교 시사에 있어서는 신성을 '모성적
신의 모형'으로 형상화하였다는 의의가 있다.

김현승은, 신성을 어두움으로 나타내며 '슬픈 그리스도'로 해석한다. 슬픈 예수 상은 슬픈 아버지 상과도 연관된다. 김현승 시는 신을 떠난 시기의 이미지들과, 신으로 돌아온 시기의 이미지들이 상반되게 나타난다. 신을 떠난 시기에는 빛보다는 어두움을, 하늘보다는 땅을 지향하며 전체적으로 무거움의 이미지들이 주를 이루고 있다. 또한 김현승 시의 사물들은 겨우 존재하는 것들로 무거움, 낙하의 이미지를 보인다. '날개', '눈물', '종소리', '낙엽', '소멸하는 햇빛'은 공중으로 혹은 땅으로 사라지는 것들이며, 자아는 이것들 가운데서 존재의 의미를 확인한다. 사라지는 것과 지금 여기 현존재의 사이에는 시적 주체의 정신적 방황과 고독이 있다. 김현승은 자연을 통해 반항과 회개 고통과 고독을 드러낸다. 김현승은 현실에 대한 참여 의식과 현실에 대한 포용 의식을 같이 보인다. 현실에 대한 참여 의식은 주로 칼 이미지와 동반하여 나타나고, 현실에 대한 포용 의식은 '이웃'이라는 '인간'에 대한 긍정으로 나타난다. 무덤 지향성은 현실적 세계와 정신적 세계의 황폐함을 드러낸다. '광야'는 동물 이미지를 보이며 불모와 황폐의 공간이다. 김현승은 인간과 지상 중심의 사고를 드러내며 현세적, 인간적 가치의 긍정을 내세적 신적 가치보다 앞세우고 자아 인식은 '부재 의식'을 보인다. 김현승은 후기 시에서 신을 버리고 떠나갔던 자신의 과거를 회개하는 데 '재'의 이미지

를 빌려 고백한다. 죄가 모조리 불타서 재로 승화되었을 때
는 가벼움의 세계로 편입하게 된다. 이로써 사상의 편력은
끝이 나고 승화의 길로 들어서게 된다. 결국, 김현승 시는
같은 사물의 상반된 이미지를 통해 '고독'과 '평안'이라는
내면 의식을 드러내며 이는 깊이, 무게 의식과 지상적 인
식, 상승과 가벼움 의식, 천상적 인식으로 나뉘며 이는 그
의 사상적 변증의식을 드러낸다. 이 사상적 변증은 체득된
신의 인식과는 다른 체험된 신의 공간이라는 의식을 드러
낸다. 이와 같은 변증적 종교인식이 갖는 의의는 현대는 종
교적 신념의 결핍 시대로 종교를 마치 비합리적이고 신비
적인 것으로 간주함으로써 인간이 가지고 있는 비극적인
요소 즉, 죽음, 악, 고통에 대한 의식 그리고 종교에 대한
경외감에서 오는 죄의식이 사라지고 실존주의 문학, 부조리
의 문학이 나타나게 되는데, 김현승 시는 분리된 소외의 상
태를 절감하는 것으로 시작하여 이것을 극복해 주는 화합
의 힘으로써 '믿음'을 깊이 인식하고 완숙한 경지에 이르게
하는 데 있다.

　이처럼 박두진, 박목월, 김현승은 같은 기독교 시인이지
만 정신의 지향하는 바가 각기 광야, 하늘, 땅으로 달리 나
타나며, 이는 넓이 지향 의식, 높이 지향 의식, 깊이 지향
의식으로 명칭 지을 수 있다. 또한 박두진은 초기 신앙적
면모를, 박목월은 모태 신앙적 면모를, 김현승은 성숙한 신

앙적 면모를 보이며, 기독교 의식에서 박두진은 메시아사상을, 박목월은 내세사상을, 김현승은 회개 의식을 주로 표현한다. 이는 그들의 신앙에 대한 태도에 따라 기독교 사상의 어느 면에 주안점을 두었느냐에 따라 시 의식이 달리 나타나기 때문이다.

이들 세 시인의 시가 기독교 시 영역에서 갖는 의의는 기독교 시의 지평을 넓혀 간 데서 찾을 수 있다. 우리 문학사가 순수와 현실 참여로 양극화되었던 시기에 현실 참여와 순수의 의지를 버리지 않고, 인간의 본질, 존재, 신과 구원의 문제들을 형상화하여, 문화와 종교의 인식 바탕을 이루었다는 의의를 가진다.

앞으로의 과제는 성서적 모티프와 내용을 시로써 어떻게 승화시켰는가 하는 문제, 시에 나타난 소재적 차원의 연구에서 벗어나 문학적 형상성의 연구, 현대 다른 기독교 시인들과의 영향성 관계 등의 연구가 과제로 남아 있다.

참고문헌

1. 기본 자료

박두진, 『한국현대시론』, 일조각, 1973.

_____, 『현대시의 이해와 체험』, 일소각, 1976.

_____, 『청록집 시대』.

_____, 『시와 사랑』, 신흥출판사, 1960.

_____, 『시인의 고향』, 범조사, 1958.

_____, 『하늘의 사람 땅의 사람』, 문음사, 1973.

_____, 『박두진 문학정신』 1~7, 신원문화사, 1996.

박목월, 『박목월 시전집』, 서문당, 1993.

_____, 『어머니』, 삼중당, 1967.

_____, 『보랏빛 소묘』, 신흥출판사, 1958.

_____, 『구름에 달가듯이』, 삼중당, 1979.

_____, 『크고 부드러운 손』, 영산출판사, 1979.

이운용 편, 『지상에서의 마지막 고독』, 김현승 평전, 시선집, 문학세계사, 1984.

김현승, 『고독과 시』, 지식산업사, 1984.

_____, 『한국 현대시 해설』, 관동출판사, 1972.

_____, 『김현승 전집, 시』, 시인사, 1985.

_____, 『김현승 전집, 산문』, 시인사, 1985.

2. 단행본

고만석, 『시간의 신학적 이해에 관한 소고』, 장로회신학대학 석
　　　사학위논문, 1992.

고명수, 『한국 모더니즘 시인론』, 문학 아카데미, 1995.

고위공, 『해석학과 문예학』, 나남, 1989.

구중서, 『민중문학의 길』, 새밭사, 1979.

김동리, 『청록집 기타, 자연에의 발견』, 현암사, 1968.

김명인, 『한국근대시의 구조 연구』, 한샘, 1988.

김영철, 『현대시론』, 건국대학교 출판부, 1993.

김용직, 『한국문학의 비평적 성찰』, 민음사, 1974.

김우창, 『지상의 척도』, 민음사, 1981.

김윤식, 『한국 현대시론 비판』, 일지사, 1986.

김재홍, 『한국현대시인연구』, 일지사, 1994.

김종철, 『시와 역사적 상상력』, 문학과 지성사, 1978.

김준오, 『가면의 해석학』, 이우출판사, 1985.

　　　, 『시론』, 삼지원, 1994.

김해성, 『한국현대시 비평』, 당현사, 1976.

　　　, 『한국현대시 사전』, 대광문화사, 1987.

　　　, 『현대시인 연구』, 진명문화사, 1990.

　　　, 『현대한국시사』, 대광문화사, 1987.

김현, 『우리시대의 문학』, 민음사, 1980.

김현자, 『한국현대시사연구』, 일지사, 1983.

김형필, 『박목월 시연구』, 이우출판사, 1988.

　　　, 『빛의 상징체계』, 이우출판사.

김희보, 『한국문학과 기독교』, 현대사상사, 1979.

박이도, 『한국현대시와 기독교』, 종로서적, 1987.

박찬기 외, 『수용미학』, 고려원, 1992.

박철희, 『국문학 논문선』, 민중서관, 1977.

서정주, 『한국의 현대시』, 일지사, 1969.

소재영 외, 『기독교와 한국문학』, 대한기독교서회, 1990.

송창섭 외, 『현대문학이론』, 한신문화사, 1995.

신기철, 신용철 편, 『새 우리말 큰 사전』, 삼성출판사, 1986.

신동욱, 『우리시의 역사적 연구』, 새문사, 1984.

신용협, 『한국현대시연구』, 국학자료원, 1994.

신익호, 『기독교와 한국 현대시』, 한남대학교 출판부, 1988.

오규원, 『현실과 극기』, 문학과지성사, 1976.

오세영, 『문학연구방법론』, 이우출판사, 1988.

_____, 『현대시와 실천비평』, 이우출판사, 1983.

윤병로 외 3인, 『문학개론』, 문학아카데미, 1983.

이경자, 『구약성서에 나타난 하나님의 여성이미지연구』, 장로회
　　　　신학대학 석사학위논문, 1988.

이상섭, 『박두진 전집 6』, 범조사, 1984.

이성교, 『한국현대시인연구』, 태학사, 1997.

_____, 『한국현대시연구』, 과학정보사, 1985.

이숭녕 외, 『국어대사전』, 교육도서, 1990.

이숭원, 『근대시의 내면구조』, 새문사, 1988.

이승훈, 『문학과 시간』, 이우출판사, 1983.

_____, 『문학 상징 사전』, 고려원, 1995.

이영걸, 『영미시와 한국시』, 문학예술사, 1981.

李俊鶴, 『문학과 종교의 만남』, 동인, 1992.

이형기 편, 『박목월 시선집』, 문학세계사, 1993.

임연천, 『한국 현대문학과 기독교』, 태학사, 1995.

정한모, 『현대시론』, 보성문화사, 1981.

정한모, 김용직, 『한국현대시연구 요람』, 박영사, 1974.

조병춘, 『한국현대시평설』, 태학사, 1995.

조신권 편, 『영문학과 종교적 상상력』, 동인, 1994.

조연현,『한국현대 작가론』, 청운출판사, 1965.

채규판,『한국현대 비교시인론』, 탐구당, 1989.

채수영,『한국 현대시의 색채 의식 연구』, 집문당, 1987.

최종수,『문학과 종교적 상상력』, 동인, 1994.

_____,『문학과 종교의 대화』, 성광문화사, 1987.

_____,『신앙시인의 이해』, 크리스챤다이제스트, 1994.

한광구,『목월시의 시간과 공간』, 시와 시학사, 1993.

홍신선,『한국시문학대계 20』, 지식산업사, 1983.

3. 논문, 기타

고진하,「시적 상상력과 영성」,『두레사상』, 1996겨울.

곽광수,「사라짐과 영원성」,『김현승 - 한국 현대시 문학대계 17』, 지식산업사, 1982.

구상,「우리가 이럴 사이가 아닌데」,『심상』, 1978.

권영진,「시와 종교적 상상력(1)」,『숭실어문』 2집, 1985.

기진오,「김현승시의 시의식연구」,『전농어문연구』, 6집, 1994.

김광협,「單, 素材와 시표현의 다양성 - 박두진의 <수석열전> 속편을 중심으로」,『현대문학』, 1976, 6.

김동리,「왕성한 시정신」,『동아일보』, 1949, 7.

김선학,『한국현대시의 시적 공간에 관한 연구』, 동국대박사논문, 1989.

김용직,「시와 신앙 - 박두진 시의 방향」,『세대』, 1964, 6.

김인섭,『김현승 시의 상징체계연구』, 숭실대학교 박사학위논문, 1994.

김일훈,「박두진 론」,『현대문학』, 1972, 6.

_____,「박두진 試論」,『현대문학』, 1972, 6.

김재홍, 「인간에의 길 예술에의 길」, 『한국문학』, 1986, 10.

김종길, 「견고에의 집념 – 김현승시의 스타일을 중심으로」, 『창
　　　작과 비평』, 1968, 여름.

김춘수, 「청록파의 시세계」, 『세대』, 창간호, 1972.

문덕수, 「김현승시연구」, 『시문학』, 1984, 10.

문성재, 『기독교의 시간관』, 고신대학원졸업논문, 1990.

박귀례, 『다형 김현승시 연구』, 성신여자 대학교 박사학위 논
　　　문, 1995.

박이도, 『한국 현대시에 나타난 기독교 의식』, 경희대 박사학위
　　　청구 논문, 1984.

박정례, 『김현승시 연구』, 인하대학교 박사학위 논문, 1990.

박철석, 「박두진론」, 『현대문학』, 1978, 2.

박철희, 「청록파의 연구(2)」, 『동양문화』, 14, 15집, 호암대 동
　　　양문화연구소, 1974.

신규호, 「시와 기도의 만남」, 『심상』 1986, 4.

신익호, 『한국 현대 기독교 시 연구 – 김현승, 박두진, 구상 시
　　　를 중심으로』, 전북대박사논문, 1987.

유성호, 『김현승 시의 분석적 연구』, 연세대학교 박사학위 논
　　　문, 1997.

윤여탁, 「신이 될 수 없는 인간의 고독」, 『한양어문연구』 13집,
　　　1995.

이승훈, 『목월시의 구조』, 지식산업사, 1981.

이운룡, 『김현승 – 한국현대시인 연구 10』, 문학세계사, 1993.

이유식, 「박두진론」, 『현대문학』, 1965, 5.

이인복, 「현대시에 나타난 죽음」, 『현실과 극기』, 문학과 지성
　　　사, 1976. 일지사, 1986.

임현수, 『시간에 대한 종교학적 연구의 재평가』, 서울대 종교학
　　　석사논문, 1989.

장백일, 「원죄를 끌고가는 고독」, 『현대문학』, 1969, 5.

장일우, 「박두진론」, 『청록집 기타』, 현암사, 1968.

전봉건, 「박두진의 연작시 – 이달의 화제」, 『현대문학』, 1972, 6.

정지용, 「추천평」, 『문장』, 제12호, 1940.

정태용, 「박두진론」, 『현대문학』, 1970, 4.

정한모, 『현대시론』, 보성문화사, 1981.

정한용, 『한국 현대시의 초월 지향성 연구』, 경희대 박사논문, 1996.

조광제, 『현상학적 신체론』, 서울대학교 철학박사학위논문, 1993.

조병춘, 「박목월론」, 『심상』, 1980, 4.

조재훈, 「다형문학론」, 『숭전어문학』, 5집, 1976.

조태일, 『김현승의 시정신 연구』, 경희대학교 박사학위 논문, 1991.

천상병, 「김현승론」, 『시문학』, 1973, 1.

최일수, 「박두진의 <아, 민족>」, 『현대문학』, 1971, 5.

최창록, 「청록파에 있어서의 자연의 해석」, 『현대문학』, 1971, 10.

최하림, 「수직적인 세계」, 『창작과 비평』, 1975, 여름.

洪義杓, 『박목월 시 연구』, 동아 대학교 박사 학위논문, 1995.

황금찬, 「박목월의 신앙과 시」, 『심상』, 1980, 3.

4. 외국저서

노드롭 프라이, 『비평의 해부』, 임규철 역, 한길사, 1982.

_____, 『성서와 문학』, 숭실대학교 출판부, 1993.

델모아 슈와르츠, 『현대문학의 정신 문제』, 김영수 역, 한국기독교문학연구소, 1979.

로버트 R 마글리올라, 『현상학과 문학』, 대방출판사, 1986.

루이스 벌코프, 『조직신학』, 권수경 외 옮김, 크리스찬 다이제
스트, 1991.

뤽 브느와, 『징표 상징 신화』, 윤정선 역, 탐구당, 1984.

리샤르, 『시와 깊이』, 윤영애 역, 민음사, 1984.

마이클 J 툴란, 『서사론』, 김병욱 외 역, 형설출판사, 1993.

바슐라르, 『공간의 시학』, 곽광수 역, 민음사, 1990.

_____, 『대지와 의지의 몽상』, 삼성출판사, 1977.

발디 옌스, 한스 큉, 『문학과 종교』, 김주연 역, 분도출판사,
1997.

버나드 램, 『현대신학의 용어 해설』, 최기서 역, 보이스사,
1990.

벌코프, 『조직신학, 상』, 크리스천다이제스트, 1991.

볼노브, 『실존철학이란 무엇인가』, 최동희 역, 서문당, 1975.

슐츠, 『실존, 공간, 건축』, 김광현 역, 산업도서 출판공사, 1985.

아지자, 올리비에, 스크트릭 공저, 『문학상징주제사전』, 청하,
1989.

어거스틴, 『고백록』, 최민순 역, 성바오로출판사, 1975.

엘리아데, 『성서와 문학』,

_____, 『종교 형태론』, 한길사, 1996.

엘리엇, Religion and Literature, G. B. Tennyson and E. E.
Ericson, JR. ed., ocit.

위클리프, 『성경사전』, 성서교재간행사, 1983.

유리로뜨만, 『시텍스트의 분석: 시의 구조』, 유재천 역, 가나,
1986.

_____, 『예술텍스트의 구조』, 유재천 역, 고려원, 1991.

_____ 외, 『시간과 공간의 기호학』, 러시아학연구회 편역,
열린책들.

Geoffrey Keynes B, lake Complete Writings, ed., London: oxford

University Press, 1972.

장 폴 사르트르, 『문학이란 무엇인가』, 김붕구 역, 문예출판사, 1972.

존 칼빈, 『기독교 강요』, 김종흡 외 3인 공역, 생명의 말씀사, 1992.

키에르 케고르, 『세계 에세이 100인선집 1』, 양우당, 1983.

_____, 『공포와 전율, 죽음에 이르는 병』, 손재준 역, 삼성출판사, 1982.

_____, 『키에르 케고오르』, 대양서적, 1981.

폴 알멘 엮음, 『聖經語彙辭典』, 대한기독교서회, 1972.

폴 지네스티에, 『바슐라르의 사상』, 김현수 옮김, 금문당, 1983.

하우저, 『예술과 소외』, 김진욱 역, 종로서적, 1987.

한스 메이어 호프, 『문학과 시간의 만남』, 자유사상사, 1994.

▌약 력

　　1967년 출생, 서울여자대학교에서 「한국 기독교시 연구」로 문학박사
　　학위를, 고려대학교에서 「한국 근현대 민중가요사 연구」로 비교문학박
　　사학위를 받았다. 현재 고려대학교 <한국학 연구소>의 연구 조교수로
　　재직 중이다.

박두진 박목월 김현승의 기독교 시 연구

초판인쇄 | 2008년 11월 27일
초판발행 | 2008년 11월 27일

지은이 | 정경은
펴낸이 | 채종준
펴낸곳 | 한국학술정보㈜
주　소 | 경기도 파주시 교하읍 문발리 513-5 파주출판문화정보산업단지
전　화 | 031) 908-3181(대표)
팩　스 | 031) 908-3189
홈페이지 | http://www.kstudy.com
E-mail | 출판사업부　publish@kstudy.com

등　록 | 제일산-115호(2000. 6. 19)
가　격 | 12,000원

ISBN　978-89-534-6968-6 93810 (Paper Book)
　　　　978-89-534-7089-7 98810 (e-Book)